結婚の嘘

柴門ふみ

中央公論新社

結婚生活とはいわば冷蔵庫のようなものである。
冷蔵庫に入っている限られた素材で、
いかにおいしいご馳走を作り出すか、
それに似ている。
決して、他人の冷蔵庫を羨ましがらないことだ。

序文

扉にある言葉は、１９８８年、私が31歳の時に出版した『愛についての個人的意見』（ＰＨＰ研究所）という本の中で書いたものです。

『結婚生活とはいわば冷蔵庫のようなものである』というタイトルのエッセイから抽出され、「古今東西の結婚に関する格言集」や「結婚式のスピーチで使える言葉特集」で取り上げられるなど独り歩きを始めました。少し長くなりますが、解説を兼ねてオリジナルの文章の一部をご紹介したいと思います。

結婚生活とは冷蔵庫のようなものです。

雨で買い物に出かけられない時、私は冷蔵庫をあさり、そこに残された材料で何をつくろうかと頭をひねります。

クズ野菜をうまく調理して素晴らしいご馳走をつくり出せる時もあれば、せっかく上質の牛ヒレ肉があっても火加減を間違えれば、焦げ臭くてとても食べられません。

夫という人物は、冷蔵庫に残された食品材料であります。つまり、こちらの腕次第で、おいしくも不味くもなるのです。

欠点が目につき、どうしようもなく駄目な材料に思えても、手を加え調味料で味つけすれば立派な一品料理になります。

世間から見て、何の非の打ちどころのないエリート男性でも、妻が

「夫は仕事でちっともかまってくれない」

と愚痴をこぼして毎日責め立てていると、牛ヒレ肉を焦げつかせることと同じことになるのです。仕事がうまくいかなくて沈んでいる夫に対しては、明るくジ

ヨークを飛ばす妻でいたいものです。しぼんだレタスも水に浸せばパリッと元に戻るのですから。

そうして、他人の冷蔵庫を決して羨ましがらないことです。うちの食事がおいしくないのは材料がよくないからだわ、あたしだってもっといい材料を与えてくれたらおいしいものをつくれるのよなどと考えてはいけません。

限られたものの中で工夫して、そしてより高いものを目指していく——これが結婚生活の技術ではないでしょうか。

今読み返してみても、間違ったことは言っていません。しかし、なんとまあ甘かったことよ、というのがこの年になっての正直な感想です。

当時、この文章を読んだ人の多くが、「著者である柴門ふみは結婚生活の技術を巧みに実践しているのだな」という印象を受けたことでしょう。でも実際は結婚当初に掲げた理想に過ぎません。のちに私は「こんなはずではなかった」と、結婚生活の理想と現実のギャップに何度もぶち当たることになるのです。

気づいたら結婚していた

私は1980年、23歳の時に結婚しました。

結婚もそうですが、私の人生の転機は20代前半までに集中しています。大学へ進学するために、生まれ故郷である徳島から上京したのは18歳の時です。

小学生の頃から漫画家になりたいと思ってはいましたが、それはあくまでも夢。卒業後は故郷に戻り、結婚して専業主婦になるのだと当然のように思っていました。なにしろ男女雇用機会均等法ができる以前で、一人暮らしをしている地方出身の女子は、身持ちが悪くなるからなどという理由で、企業に採用してもらえない時代でしたから。

そんなわけで、私にとって東京での暮らしは青春時代の思い出作りに過ぎなかったのですが、運命というのは不思議なもので、「期せずして」の連続。人の運命は予め決まっていて、自分の意思で方向づけることはできないし、運命の流れを変えることもできない。人生を振り返り、私はそんな風に思うのです。

あれは大学3年のある日のことでした。漫画同好会の部長だった私宛に「同人誌を売ってください」という一本の電話がありました。よくある問い合わせだったので快諾し、東武東上線の大山駅の前で待ち合わせをして線路沿いを歩いていたら、髭を生やしたオジサンが立っているのが見えました。

一緒に近くの喫茶店に入ると、オジサンが同人誌をパラパラとめくりながら漫画の専門用語を連発するので、「漫画にお詳しいんですね」と話しかけると「僕、漫画家なんで」と言うではありませんか。「ええっ！　お名前は？」と尋ねたら、「弘兼憲史です」と答えたのですが、私は咄嗟に「知らない」と言っていました。

ところがなぜか面白がられ、アシスタントをやらないかと持ち掛けられたのです。プロの仕事に触れる絶好のチャンスだったので喜んで申し出を受けたところ、喫茶店から車で仕事場へ連れて行ってくれました。その時に見せてもらった原画がすごく綺麗で感激したことをよく覚えています。

10歳も年上の漫画家の家に私が出入りしていると知った友達からは「危険だよ」「騙されているんじゃない？」などと散々言われてしまったのですが、私は「悪い人には見えなかった」と言い放ちました。初対面は好印象でした。

何の技術もない私をよく雇ってくれたものだと思っていましたが、実際に私は絵が下手で使い物にならず、だったらご飯を作ってくれと言われましたが料理もできず。結局のところ、漫画の描き方以外にも、魚を三枚におろす方法、イカのワタの抜き方に至るまで、手取り足取り教えてもらい、気づいたら結婚していた。これが私たち夫婦の馴れ初めです。

「これでは家族でいる意味がない」という思いを抱いて

大学4年の時、同人誌を見たという編集者から連絡があり、それをきっかけに『クモ男フンばる!』で「少年マガジン増刊号」からデビュー。結婚したのはデビューの翌年というタイミングです。

当初は、仕事に理解のあるよき伴侶に恵まれたと思っていました。夫は「俺の身の回りのことはしなくていいから、仕事に専念していいよ」と言ってくれて、互いの仕事を尊重するフィフティ・フィフティの理想的な夫婦関係が成立していたのです。

「何かがおかしい」と感じ始めたのは、最初の子どもを産む前後のことでした。私は81年から「ヤングマガジン増刊号」で、『P.S.元気です、俊平』という連載を始め、仕事に対する情熱を燃やしていましたが、同時に子どもが欲しかった。

ところが夫は、「子どもはいらない」と言うのです。「どうして?」と尋ねると、「自分に似た人間が存在するなんて気持ちが悪い」と。その場では「あれ?」という違和感しかありませんでした。「変なことを言う人だ」ぐらいの感覚で、その時点では、実際に子どもが生まれれば夫も変わるはずだと短絡的に捉えていたのです。

どうしても子どもが欲しいと言い続け、25歳の時に長女を出産。何本もの仕事を掛け持ちし、揺りかごを足で揺らしながら漫画を描くという怒濤《どとう》の毎日が続きました。

さらに29歳で長男を授かり、さすがに仕事は続けられないと、数年間、漫画連載の仕事を休むことを決意しました。

子どもたちを連れて当時暮らしていた家の近くにあった石神井《しゃくじい》公園の中を散歩しながら、私は「これが母の幸せというものか」と幸せを嚙みしめていたのですが、何かが足りない。どこか満たされない。仕事に追われ忙しくしていた頃には見えなかったものが、段々と浮き彫りになるのを感じました。

一家団欒の中心にいるはずの人が常に不在なのです。今もそうですが、夫が仕事を休むのはお正月の3日間だけ。残りの362日は休みなしで働き、家族と過ごす休日はほぼありません。

休みをとって家族でドライブに出かけたのもほんの数回。それも私に言われて渋々の参加でした。「もう少し、家族と一緒にいる時間を増やせないの?」と持ち掛けると、「わかった、わかった。この連載が終わったら」と口では言うのですが、待てど暮らせどその日は訪れない。いざ連載が終わってみるとゴルフや夜の銀座には足しげく通うのですが、家族サービスは一切無し。このことでたびたび口論をするようになりました。

そんな頃に、たまたま夫が受けたインタビュー記事を読んでいたら、「仕事のできる男は家族との時間を持ってはいけない」などと語っているではありませんか! 思わず問い詰めると、「その通りだ」と開き直るありさま。私は「ああ、そうですか」と言ったものの、これが夫の本音だったのかと愕然としました。

つまり私は、結婚生活10年目にして、自分が「家庭嫌いな男」と結婚してしまったことに気づいてしまったのです。

一方、私は子ども命。子どもの友達の家では、パパが率先して家族旅行の計画を立て、時にはキャンプを仕切り、時には家族でバーベキューを楽しむなどという話を聞くにつれ、うちの子どもたちは不憫だとしょんぼりしていました。

人の家と我が家を比べて落ち込むほど愚かしいことはないと今なら言えます。でも当時の私は、「これでは結婚した意味がない」「これでは家族でいる意味がない」、延《ひ》いては「こんなはずではなかった！」と思うようになっていたのです。

納得できなかった、家族に対する夫の無関心ぶり

その頃に、夫とは確実に考え方が違うと気づき始めたのですが、子育てが一段

落して仕事を再開すると、深刻だったはずの悩みは、たちまち忙しさの中に埋没していきました。

子育て中心に暮らしていた3年のあいだに少しずつ描いていたのが『同・級・生』。次に始めた連載が『東京ラブストーリー』です。バブルの真っ只中、「トレンディーな漫画家」「恋愛の巨匠」などと持て囃《はや》されていましたが、その実私は、自宅と仕事場と幼稚園とスーパーをあたふたしながらグルグル回り、立ったまま食事をしながら「今日は眠る時間をどれくらい確保できるだろうか？」と考えるような壮絶な毎日を送っていたのです。

その頃から年に何度か夫とぶつかるようになっていたのですが、やはりお互いに締め切りを抱えていたので、「仕事のために、このへんで止めよう」という無言の協定ができていました。そうやって問題を先送りにしたことが良かったのか悪かったのかはわかりません。

待ってはくれない締め切りと、これまた待ったなしの子育てに追いまくられていたあの頃。私はその日を生きることに必死でした。何があってもひとたび仕事に取り掛かると、物語の中に入り込み、現実から遠く離れてしまいます。その分、母親としての務めは疎かにしないと決めていたので、徹夜明けでも、毎朝お弁当を作り続け、夕飯を作り続け……。

当時は忙しさにかまけてじっくりと考える時間や心のゆとりがなかったのです。そのため「家族に対する夫の無関心ぶりにはどうしても納得できない」という火種を抱えたまま問題を先送りにする結果になったということもできます。でも悩む暇もないほど忙しかったともいえるわけで、本当は忙しさに救われていたのかもしれません。

問題のない結婚生活を送っている人などいない

その後も結婚生活は破綻することのないまま続き、今年で37年目を迎えます。

40年目に迫る勢いです。巷では結婚記念日40年目をルビー婚というのだとか。ルビーのような深い赤色、つまり夫婦の深い信頼関係を意味しているのでしょう。でも実際には結婚生活は綺麗ごとではありません。

「こんなはずではなかった」と、結婚生活や夫に落胆している女性は多いようです。私が2015年に『婦人公論』の中で夫に対する正直な気持ちを語ったところ、思いがけず大きな反響が寄せられ驚きました。

夫から妻に贈る結婚記念日のダイヤモンドの広告に心を乱してはいけません。ファミリーカーや電化製品のCMに出てくる家族を見て、なぜ私たちの家庭はこうではないのかと落胆する必要はありません。幸せなワンシーンを切り取っただけの、あれは幻想。「嘘」なのです。

どんなに幸せそうに見える人も、それはその人の幸せな側面を見ているだけ。女同士の話は赤裸々だといいますが、あけすけなようでいて話せるのはここまで、という線引きはハッキリしているように思います。家庭の事情は他言しないと決めている人も大勢います。ママ友や仕事仲間のおつきあいの中ではもちろんのこと、心を許した友人や姉妹にさえ。

世間体や心配をかけてはいけないという思い、愚痴ったところで問題が解決するわけではないのだという諦めから、人の抱える悩みは表には出て来ないだけで、現実的には、問題のない結婚生活を送っている人などいないといえるのではないでしょうか。

本書はそのことを改めて確認し、モヤモヤを吹き飛ばしていただきたいという願いを込めて書きました。

モヤモヤとしているのは自分だけだと思えば不満は拡大してしまいますが、みんなそうなんだと思えば乗り越えられるということがあります。自分は可哀想な妻などではなく、不満を抱くのが結婚生活のスタンダードなのだと知れば救われます。膨らんでしまった被害妄想や自己憐憫《じこれんびん》を手放せば、幸せに気づくことだってできるかもしれません。

妻の気持ちを逆なでする夫の言動を集め、なぜ夫は自分勝手なのかを検証してみました。本書を読みながら、「あるある！」と共感し、「これが言いたかったのよ！」とスカッとし、そうして心の平和を取り戻していただけたなら幸いです。

目次

花嫁衣装の白無垢は死装束
「恋愛結婚」という言葉の罪
恋愛の濃さと夫婦円満は別
一目惚れの恋も、運命の人も妄想
「ビビッと婚」に潜む落とし穴
私を激変させた出来事
恋愛の正体は性欲
青春時代のヒット曲が結婚に及ぼす影響
ヒットソングは罪深い
結婚は愛だ！　と信じて上京
ボーヴォワールと女心
「言葉」より「行動」
「愛している」に依存しない
手軽な恋は手軽に終わる
世界で一番好きな男と結婚することの不幸
結婚は互助会である

第三章　夫婦は理解しあえるの嘘

男は一つのことだけに集中する脳
妻は虎視眈々と離婚の準備を進めていく
妻の不満は永久不滅ポイント
男は「型」を優先する
男が親権にこだわる理由
「いつからテニスなんかしてるんだ?」
夫が抱く妻に対する幻想にイラッとくる
笑って見過ごせるズレ、笑えないズレ
自己中心的な夫の発想が許せない
外ではまともな常識人
なぜ夫は妻との約束を平気で破るのか?
どこまでも能天気な夫を見て思うこと
「食」に対する恨みは深い!?
妻にだけ厳しい理不尽な夫

第五章 老後は夫婦の絆が深まるの嘘 171

結婚の嘘

第一章

結婚観の嘘

一体、何が不満なの？　と訊かれても困る

「夫婦喧嘩は犬も食わない」という諺《ことわざ》があります。

周知のように、夫婦の諍《いさか》いは一時的なものなのだから、よかれと思って仲裁に入ってもバカを見るだけだという教訓の言葉です。

とはいえ夫婦喧嘩の渦中にある人が悩んでいるのはまぎれもない事実。結果的に和解したとしても、一時的な問題だと受け止めることができないから悶々とするわけで、いずれにしても心を立て直すには時間がかかります。

悩みを抱える人の立場に立っていえば、ここをどう切り抜ければよいものかと葛藤している最中に、「ハイハイ、いつものことよね」などと軽く流されては心外なのです。

かく言う私は友人に夫婦喧嘩の相談をしたことはありませんが、夫の愚痴なら

大量にこぼしてきました。

ところが「なんだかんだいっても、柴門さんは幸せよね」と結論づけられてしまうのが常。「どうして？」と訊くと、「だってご主人はいい人だもの」と言うのです。「一体、何が不満なの？」と質問返しにあうことも珍しくありません。

確かに夫はいい人なのです。私の仕事を尊重してくれるし、家事の仕方に文句を言うこともない。そのうえ、一緒に過ごすときはいつも機嫌がよくて、私は夫の顔色を見ながら暮らすなどというストレスとは無縁に暮らしています。

夫がいい人であることと、結婚生活の不満は別問題

それなのに、なぜ時々私は追い込まれてしまうのか？

答えは簡単で、夫がいい人であることと結婚生活の不満は別問題なのです。無茶苦茶なことなど言ってはいません。「あのご夫婦は離婚をしたらしい」という

噂を耳にしたときに、「ご主人も奥さんもいい人なのに」と感じるのもよくある話です。

とにかく夫がいい人であっても不満は生じます（何度も繰り返しますが）。だから「ご主人はいい人なのに、一体何が不満なの？」と追及されても困るのです。「あなたは我がままだ」と遠回しに指摘されても納得がいかないのです。結婚生活は、そんなに単純なものではないと私は声を大にして言いたいのです。

そんな私が結婚10年目にしてたどり着いた結論。それは、夫と妻がそれぞれに抱く「理想の家族像」の違いが、結婚生活に大きな影を落とすというものでした。

結婚は同じタイミングで「結婚したい」と思うからこそできるわけですが、タイミングが一致したからといって相性がいいとはいえない。本当に大切なのは、互いの結婚観が一致しているかどうかだったのだと、今更ながらに思うのです。

価値観を変えるのは難しい

初めから相性のいい夫婦はいない。相性は結婚生活の中で互いに寄り添い、譲り合う中で作り上げていくものだという説があります。

いい話です。まったく異議はないと誰もが思うところですが、現実的には「わかっちゃいるけど、それができたら苦労はしない」といったことの繰り返しなのではないでしょうか。

それが「夫のルーズなところが気になる」といった性格的な問題なら、「でも彼は大らかだから」と長所を見つめることで乗り越えることができるかもしれません。それが相手に添うこと、相手に譲ることに繋がるのでしょう。

でも価値観の違いを超えるのは難しい、と思います。

たとえば私は父が忙しくて家族で遊びに行った記憶がほとんどないという幼少

時代を送った経験から、家族で一緒に楽しく過ごせる家庭を理想としていました。ところが同じように父親にかまってもらえない環境に育ちながら、夫は彼の父親のように、自分も家庭的な父親である必要はない、と考えていた節があるのです。

息子とキャッチボールさえしようとしない夫に「なぜ父親らしいことをしないの？」と尋ねたら、「俺も親に遊んでもらったことがないから」という返事が戻ってきました。

寄り添いたくても、そもそも私には夫の価値観を理解することができず、想定外な展開にただただ驚くばかりでした。

といって「あなたは間違っている」と伝えても無駄。

なぜなら夫は子どもが嫌いなわけでも、妻にいやがらせをしてやろうというのでもなく、自分が正しいと考える結婚観に従っているだけなのですから。

不条理な結婚生活

それにしても、この悪気がないというのが曲者なのです。

夫は自分の価値観に基づいた考えを堂々と主張してくる。天然とはいえ、いや、天然だからこそタチが悪いとも言えるのです。こちらの気持ちを想像することなく、その場の空気を読むこともせず、堂々と自分の価値観を貫こうとする。

そのうえ人間というのはうっかりすると、間違っていたとしても、声の大きな人の意見に引きずられてしまう傾向にあります。多くの場合、妻は夫の価値観に引きずられまいと必死に抵抗しますが、「こういう価値観ですけど、それが何か？」とでも言いたげな夫に対しては、どんな抵抗も暖簾《のれん》に腕押し。

結果、夫の価値観に疑問を抱き、「それは間違っている！」と不満を抱きつつ、なす術もないと嘆きながら、悶々とした日々が過ぎていきました。

多くの妻が日々の暮らしの中で繰り返し苛《さいな》まれるのは、「デリカシーのない者勝ち」ともいえる理不尽さなのです。

結婚生活の不満の大半は、不条理な現実に対峙することへの虚しさですが、その要因を探っていくと、ぶち当たるのが「夫婦の結婚観のズレ」。これこそが諸悪の根源だと私は確信しています。

時代に翻弄される結婚観

結婚観は人それぞれ。同じように家族と過ごす時間の少ない父親を持っても、私のように反面教師にするケースもあれば、夫のように教師として模範にするケースもあって、人の心に何がどう影響するのか。そこのところは私にはわかりません。

でも、人には結婚観というものがいつの間にやら芽生え、誰もが成長する過程で刷り込まれたその結婚観を基準にして生きている、ということだけは断言できそうです。

それにしても、自分自身の結婚観はどうやって育まれたのだろう？　と振り返ってみると、一つには時代の影響があります。

私は１９５７年（昭和32年）生まれですが、昭和２年生まれの父、６年生まれの母、そして両親と同年代の大人たちに囲まれて育った私には、古い日本の結婚観が刷り込まれていました。

たとえば、当時の大人たちは異口同音に「女の幸せは結婚にある」と言っていました。「結婚も女の幸せの一つ」ではなく、「結婚にしか女の幸せはない」と誰もが自信満々に説いていたのです。

そして、そのあとにこう続きます。「しっかりとした男に嫁いで、子どもを産み、立派に育てて、老後は子どもに看てもらうのが幸せなんだよ」と。大人たちが口をそろえて言うのですから、幼い私は「女の幸せは結婚にあるのだ」と確信していました。つまりこれ、結婚観の刷り込みですね。

ただし、周囲にいた大人たちの経験から生じた結婚観というよりは、時代の風潮が作り出した結婚観だったように思うのです。

専業主婦はステータスの証だった

当時、私の周囲には働く主婦はほとんどいませんでした。そもそも女が働いているとワケアリだという目で見られてしまう。「あの人は病気の親を養っているからねぇ」「あの人は親代わりになって弟の学費を払っていてねぇ」「あの人は夫が飲んだくれでねぇ」といった具合。私の幼い頃はそういう時代でした。

都会には当時から「やりがいのある仕事」をしている女性もいたはずですが、それだって、ごく一部の女性に限られていたと思います。

もともと日本は農業主体だったわけで、江戸時代には男も女も関係なく一家総出で働いていました。近代化が進んだ明治時代、そして戦争を経て終戦を迎えた日本は、昭和30年になると高度成長期へと突入します。

企業が増え、サラリーマンが増加し、平均年収が高騰するのと共に、家事を一手に引き受ける「専業主婦」が誕生したのです。

「専業主婦」を推奨する政策も打ち出されて「専業主婦」は一般化し、そうして男の経済的な余裕を表すステータスとして定着していきました。

１９７０年代に「専業主婦」の数はピークに達し、私が思春期を迎えた頃に流行していたのが「クリスマスケーキ」という言葉。

世間では、クリスマスケーキを結婚適齢期に喩《たと》えて、イブの24日（24歳）までは強気の価格でどんどん売れる、25日（25歳）は定価でまだまだ売れる、26日（26歳）は半値なら売れる、賞味期限の過ぎた27日（27歳）はタダならなんとか、大みそか（30歳を過ぎたら）にはタダでも売れない、などと言われていたのです。

女をクリスマスケーキに喩えて揶揄《やゆ》するなんて失礼だ！　余計なお世話ではな

いか！　と不快な気分にもなりますが、当時の女性は「そうなんだ〜」と実に素直に受け入れ、「賞味期限の切れたクリスマスケーキになりたくない！」と焦りを募らせていました。

女性の社会進出の波に乗って仕事に就いた女性たちも、「寿退社」を夢見て、夫探しに余念がなかったのです。

「嫁入り道具」の一つでしかなかった女の学歴

そんな風潮の中、やがて私は東京の大学へ行きたいと考えるようになります。この夢は、「本当は大学に進学したかったけれど、祖父ちゃんが行く必要はないという考えだったので諦めた」と言う母が理解を示してくれたことにより叶えることができました。

とはいえ、「女の幸せは結婚」という私の結婚観が覆されたわけではありません。

私は東京で青春思い出作りをして、卒業後は徳島に戻って結婚するのだと思っていました。もちろん母も。

あれは大学に通い始めた頃のことでした。「東京は楽しいけれど、いろいろと辛いこともある」と手紙に書いたら、母から返事が届きました。そこには「辛かったら、いつでも徳島に戻ってきなさい。大学を中退してもいい。徳島の人は誰も卒業証書を見せろだなんて言わないから、卒業したことにしてお嫁に行けばいい」としたためてあったのです。

私は咄嗟《とっさ》に「いや、さすがにそれはダメでしょう」と突っ込みを入れていましたが、このことからも、当時、女の学歴は嫁入り道具の一つでしかなかったことがわかります。

「幸せな結婚」＝「親の言うとおりにすること」

国立大学で薬学を学び、資格を活かして大手の製薬会社に就職したのに、結婚と同時に退社して専業主婦になった友人がいます。彼女の場合は、仕事を続けたかったのに、「妻が働いているなんて体裁が悪い」と考える夫の意向で泣く泣く仕事を手放したという経緯がありました。

「女の幸せは結婚にしかない」という結婚観が揺るぎのないものであるなら、「あれでよかったのだ」と納得することもできるでしょう。

ところが時代の風潮は瞬く間に逆転し、共働きもアリだ、共働きのお母さんのために保育園が必要だ、という流れになっていくわけです。こうなると仕事を手放したことに対する後悔は募る一方。今でも彼女は「旦那に仕事を辞めさせられた」と怒っていますが、本当は時代に翻弄されてしまったのです。

友人の一人は早稲田大学に進学しましたが、「卒業後は戻ってこい」という親に従い、恋人と別れて帰郷し、地元の男性とお見合い結婚をしました。相手は立派な肩書の男性ですが、彼女は「夫とは反りが合わない。あんな男と結婚したくなかった」と言い続けています。

「自分の選んだ相手ならともかく、親の言うとおりにしたら人生の歯車が狂ってしまったというのが口惜しい」と嘆く彼女を「優柔不断なアナタが悪い」と断罪するのは、今という時代の発想。当時はどんな高学歴でも、「幸せな結婚をしたいなら、親の言うとおりにするべきだ」というのが常識だったのですから。

どこの親も、ただひたすらに娘の幸せを願っていたのです。「しっかりとした男に嫁いで、子どもを産み、立派に育てて、老後は子どもに看てもらうのが女の幸せなのだ」という大雑把な結婚観を胸に。

"プロ仲人"のいた時代

同じ時代に育っても、育った環境によって人の結婚観は違ってきます。中でも両親を見て思うところが大きいのです。

私の両親はお見合い結婚でした。

とはいえ、お見合いの席が設けられ、「この人なら」と思ったところから始まり、幾度か会って結婚を決めたという流れではないようです。母の話によれば、ある日、「この人と結婚しろ」と祖父から父親の写真を見せられ、初めて父に会ったのは結婚式の日だったのだとか。

そんなことがあるのか！　と今なら驚くところですが、あったのですね、昔は普通に。母の世代の女性は、親に逆らったところで生きていく術がなかったのでしょう。

特に母は、雨が降ると小学校にお手伝いさんが傘を持って迎えにきたという、いわばお嬢様育ち。徳島市内で紡績業を営み、大成功を収めていた祖父には財力があり、なによりも人望がありました。箱入り娘だった母が、祖父の言うことを聞いていれば間違いはないと考えていたことは、想像に難くないのです。

祖父が父の写真をどうやって入手したのかといえば、〝プロ仲人〟からです。徳島には今でもいるプロ仲人とは、仲人を仕事にする人のこと。世話好きな近所のオバサンとは違い、プロ仲人との間はお金が介在しているので、気が進まない場合には気兼ねなく断れるというメリットがあります。

なんといってもその道のプロですから、依頼を受けた男性側の条件と女性側の条件をバッチリ把握していて、この家とこの家は釣り合いがいいと見極める大変な目利きなのです。

「私は愛だけで結婚相手を選ぼう！」

祖父の出した条件は、養子を迎えたいというものでした。母は三人姉妹ですが、祖父は嫁ぎ先で苦労をさせては可哀想だという理由から、三人とも嫁には出さない、婿を取ると決めていたと聞いています。

片や父は八人兄弟の六男でした。徳島市内の家柄の良い家に育ちましたが長男ではない。このあたりのポイントをプロ仲人は見逃しません。父は祖父のことを尊敬していました。ですからお見合いの話があった時、父は父で祖父のもとで事業を拡大しようという野心もあり、母との結婚を決断したのではないかと思うのです。

祖父は祖母と共に長女夫婦と同居し、次女（母）と三女それぞれの夫婦に家を買い与えましたが、実家を処分する時に確認したところ母の名義になっていました。この先、何が起こるかわからないが、家さえあれば可愛い娘が路頭に迷うことはないだろうという祖父の親心だったのでしょう。

しかし、この「何が起こるかわからない」は後に的中し、事業が廃業へと追い込まれていきました。

会長である祖父のもと、社長、専務、大阪支社長に納まっていた三人の婿たち。経営不振の背後には時代的な問題もありましたが、結局のところ立て直すことはできなかったのです。

母が父に落胆したかどうかはわかりません。ただ、いつの時も祖父と父を比べていたのは事実。事業が廃業に追い込まれたのは私が思春期の頃ですが、私は小学校高学年の頃から、父と母が合うわけがないと感じていました。

両親の会話を聞きながら、母がまったく父の言い分を聞き流し、私はそれすら気づけない父の鈍感さに呆れたり……。幼心に「男女の愛情のみを基盤としない結婚は、やっぱり間違っているな」と思っていたのです。

父は高学歴ではありましたが、どこか間が抜けていてキレが悪い。一方、母は頭の回転の速い人で、すべてを完璧にこなすタイプ。

相性の合わない二人が結婚した場合、そのあいだに生まれた子どもは、自分の中に父親と母親の相反する矛盾した遺伝子を抱え込むことになって苦しい。

そう感じたことが、「愛だけで結婚相手を選ぼう！」という結婚観に繋がり、のちに私が「愛は素晴らしい！」というテーマの漫画を描き始める原動力となるのですが。

家で夫を立てるのはあたりまえ

家の中で、父は何でも母任せでした。

箪笥《たんす》のどこに下着があるのかもわからない、というか母に出してきてもらうことが前提なので、覚える必要がないと思っていたのでしょう。母が父の食べる魚の身をむしって食卓に並べていたことも覚えています。

朝は玄関で父を見送り、帰宅を玄関で迎え、父が居間に腰かけるとサッとお茶を出す母。それをあたりまえのように受け止めていた父、などといえば、母が抱えていたストレスはいかばかりかと勘ぐってしまいがちですが、それがそうでもないのです。

母に限らず母の世代の女性は、「家では夫を立てるのはあたりまえ。みんなそうしてるし」と考えていたのではないでしょうか。男女平等の教育を受けて育ったのは団塊の世代以降。戦前の教育を受けた人にとっては、亭主関白が基本だったのではないかと思います。

傍から見れば尽くしているようでも、それが習慣化してしまえば歯みがきと同じなのです。歯をみがく時に、好きも嫌いもない。同じように、夫の靴をそろえるのも、好きも嫌いもなく、体がそう動くのです。

ただし、そうした母親を見て育った娘が「尽くし型」になって、男をいたずらに甘やかしてしまうとしたら……それが問題なのです。尽くす女は男になめられる、とも限りませんが、尽くしすぎる女が報われることはまずありません。

結婚観は連鎖する

私は夫に尽くすことはしませんが、息子には尽くしていた部分がありました。たとえば息子が帰ってくると、サッとおやつと飲み物を出してしまう。これは完全に母の影響です。

もっとも夫に厳しく息子に甘いのは、私に限ったことではないのです。

知り合いの女性は、夜夫が帰って来たなと察するや否や、慌ててテレビを消し、ベッドに滑り込んで寝たふりをするのだそうです。食卓の上にある食事を電子レンジでチンして勝手に食べろというわけですが、息子が帰ってくるのを察すると、頼まれてもいないのに起き出して、チンしてあげるのだとか。

別の知人女性は、深夜に帰宅した夫に「何か食べるものない？」と訊かれると「ないわよ！」と即答するのに、息子に対しては「しょうがないわねぇ。ラーメンでいい？」と言いながらキッチンに立ってしまうと言います。

「ありがとう」の催促をするでもなく、美味しそうに食べる息子の姿をほほえましく見つめている。息子を持つ母親は、年下の男を愛し、振り回されてつれなくされても、尽くすことに喜びを見出す年増女とよく似ているのです。

夫に「いい妻だ」と思われたいなどという気持ちはとうの昔に消え失せ、しかし息子には「いい母親」だと思われていたいという母心。でもこれは立派なエゴです。

今になって私もちょっと反省しています。本当に息子のことを思えば、放っておくべきだったのではないかなと。

母親に尽くされて育った息子は、女は男に尽くすものだと思ってしまう。それがあたりまえだと言われたら、お嫁さんが気の毒です。女が女を生きづらくしてどうするのでしょう。そのことが原因で夫婦仲がうまくいかなくなっては目も当てられません。

結婚観は連鎖する。母親はそのことを忘れてはいけないのです。

自分の結婚観に首を絞められる

序文でも触れましたが、私は大学卒業と同時に漫画家としてデビューし、翌年、23歳で結婚しました。

25歳で長女を出産し、夫の両親に手伝ってもらいながら漫画を描き続けていましたが、29歳で長男を出産して、さすがに仕事は続けられないと数年間休んでいた時期があります。

保育園に預けて漫画を描き続けることもできたし、ベビーシッターさんを雇うこともできました。でも私は漫画家としてリスクがあることを覚悟のうえで、自分で育てることを選択したのです。

それは、専業主婦だった母のように子育てをしたかったからです。子育てに専念することを選ばない母親を批判する気など一切ないのですが、私の中には、自分の母がしてくれたように子どもを育てたいという気持ちが刷り込まれていました。いつも家には母がいて、身の回りの世話をしてくれた。そのことによって得た大きな安心感＝幸せな家庭。

それなので子どもが成長して仕事を再開してからも、料理は母親の手作りでないといけないと自分に課していたし、下の子が中学生になる頃までは、子どもに対する罪悪感を抱いてもいたのです。今振り返ると、大きな思い違いでした。しかし当時はこの考えから抜け出すことができませんでした。

漫画家は家で仕事をするとはいえ、打ち合わせや取材で家を空けることもありました。「おかえり～」と出迎えてやれないなんて、三時のおやつを用意して一緒に食べることができないなんて子どもに悪いと思い続けていて……。すごく苦しかったことを覚えています。

当時の私は自分の結婚観からズレたことはしたくない、してはいけないという偏った思いに支配されていたのです。

仕事をしたいという自分の意思を通しながらも、目指していたのは完璧な母親。このことの矛盾に気づかず、自分さえ頑張ればなんとかなる、なんとかならないのは自分の頑張りが足りないからだと自分を追い詰めて、青息吐息だった日々。自分の結婚観に首を絞められていただけだったと、最近ようやく気づきました。

「聞き流す」という妻の能力

祖母は大変に愚痴っぽい人でした。

同居している長女の婿が気に入らないという話を、次女である母のところへ来て延々と訴える。その姿を私は今も鮮明に覚えています。

のちに知ったところによると、嫁ぎ先である祖父の妹にいびられたとか、祖父の女遊びに泣かされていたなど、いろいろな事情を抱えていたようですが、愚痴っぽいのは性格でしょう。とにかく我が家の縁側に腰かけてグチグチグチグチ。その頃、私は小学校の低学年でしたが、祖母が来ると「あ、また愚痴が始まる」と思ってさりげなく席を外したものです。ところが母は逃げませんでした。母の三姉妹は仲がよかったので、母は祖母の話に決して加勢したりしません。かといって祖母に「愚痴もほどほどにね」などと意見をすることもない。それもそのはずで、母は祖母の話を「聞き流し」ていたのです。

父が帰って来て仕事の愚痴を言い始めても、母は「うんうん」とうなずきながらも右の耳から左の耳へ。忍耐強いのではなく、聞いていないだけなのです。

小さな頃は、何も言わない母が歯がゆくて、母には自分の意見というものがないのかと反感を抱いたりもしていたのですが、やがて悟りました。賢いのだと。「そうか！　聞き流せば無難なのだな」と学習した私は、「妻はすべてを聞き流すべし」という結婚観を備えたのです。そして「聞き流しの術」を実践しました。

たとえば多くの人がストレスに感じている姑の皮肉や夫の的外れな意見など、日常生活における聞きたくない話は、聞き流していれば確実に心穏やかでいられます。

ところがですね、このところ私は聞き流そうと意識せずとも、人の話を聞いていないという現象に見舞われるようになってしまったのです。

友達と一緒に過ごして確かに楽しかったのに、相手が何を話していたのか、まったく覚えていないということもありまして……。

習慣とは恐ろしいものだと、つくづくと思います。

県民性の違いは侮れない

人は自分とは異質な人に強く惹かれるといいますが、恋愛はともかく、結婚は

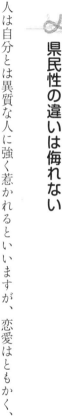

同質の人としたほうがいいといえそうです。

国際結婚も、価値観や生活習慣の大きな違いから、離婚に至るケースも多いようです。こんな狭い日本においてすら、さらに同じ地域で生まれ育った人を選んだほうが無難と私は思えるのです。気持ちが大きく盛り上がることもない代わりに、大ハズレもないように思います。

なにしろ同郷の人とは、基本的な文化が同じなので、「えっ、白みそのお雑煮なんてあるの？」「えっ、お吸い物のお雑煮なんてあり得ない～」などと、いちいち驚く必要がない。もともと郷に入っているわけですから、「郷に入れば郷に従え」の苦労がないのです。

県民性のギャップについては結婚前から意識していました。私は徳島県、夫は山口県の出身。同じ日本の西のほうなのだからいいかと、やたらと大雑把に捉えてよしとしてしまったのですが、暮らし始めてみて「徳島の男と山口の男は全然違う！」とびっくりしました。

傾向として徳島の男は「やにゃこい」。優柔不断というか、「なんかはっきりせんなー」という感じ。対する山口の男は決断力に長けていて、「よし、俺は決めたぞ！　ついてこい！」みたいな感じ。

私はつい新鮮なタイプの山口県の男にグラッときてしまったのです。なにしろ山口県はかつての長州、俺が国を動かすと自負しているほど個々の男が男らしい。なんというか、男が殿様気分で威張っているわけです。男尊女卑の思想に長い間支配されていた地域なのだろうと感じます。

一方、男らしいから大雑把で心も広いのかと思いきや、うちの夫にはけっこう細かいところもあるのです。新婚当時からそうでした。シャツをクリーニングに出そうとしたら、「一日しか着ていないのに、もったいない」と言う。初めて新車を買った時も、当時、娘は3歳でしたが、「車が汚れるから雨の日は娘を乗せるな、シートが汚れるから車内でアイスクリームを食べさせるな」などと言い出してびっくりしました。

その点、徳島の男は大らかで……。大政奉還の時だって、酒盛りして阿波踊りを踊っていたら終わっちゃったそうですから。まあ、どちらがいいのかわかりませんが。

結論。夫婦間における県民性の違いは侮れません。

楽になるための、心の折り合いのつけ方

結婚観というのは、一種の洗脳だと思います。

そう言うと恐ろしいのですが、悪いのは結婚観ではなく、その結婚観に縛られてしまうことなのです。

自分の価値観がすべてだと思っていると、相手に変わってもらうしかないという発想になってしまいます。でも元来、結婚観や家族観は千差万別。正解も不正解もありません。

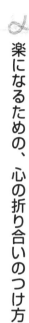

早い段階で、できれば結婚をする前に、一度自分の価値観を手放し、夫の価値観と足して2で割った夫婦の価値観を構築することが大切なのではないでしょうか。

熟年夫婦であっても、白か黒かをはっきりとさせるのではなく、グレイのトーンの中を生きるつもりで結婚生活に臨むことができれば楽になります。

自分の結婚観で生きるか、夫の結婚観に合わせるか——。二者択一だと考えてしまいがちですが、どちらかを選ばなくてはいけないと思えば思うほど、「無理！」と追い詰められてしまうのです。

現実的な解決法とは、互いの価値観の距離を少しでいいから縮めようと考えること、そのための心の柔軟性を備えること。

自分は柔軟性に欠けていたと反省する気持ちがあれば、寄り添う気持ちも生まれてきます。

夫を変えるのは簡単ではないし、夫の価値観は変わりません。

でも、自分の心の立ち位置は、今からでも、幾らでも変えることができます。自分の価値観がすべてではないと気づくことこそが、心穏やかな日々の第一歩なのです。

第二章

結婚の誓いの嘘

誓いの言葉は何だったのか？

「汝、健やかなる時も病める時も、富める時も貧しき時も、幸福の時も災いに遭う時も、これを愛し敬い慰め助け、永遠に貞操を守ることを誓いますか？」

「はい、誓います！」

あの日の誓いは何だったのか？

そんな風に思う人が多いようです。かつて取材で知り合った同世代の女性の中には、浮気をした夫に対して「あの時、あなたは神様に誓ってたよね？　でもあなたは誓いを破った。貞操なんて微塵もないよね？　あなたは罰当たりだよね？　とんだ嘘つきだよね？」と結婚式での誓いの言葉を盾にとって詰め寄ったという人もいました。

言われたほうの夫は、ずいぶんと古い話を持ち出してきたものだと驚いたのではないかと思いますが、彼女のやるせなさはひしひしと伝わってきます。

真面目に生きてきた女性はやってきたことを恩に着せるつもりなど毛頭ないし、それは自分の幸せのためだとわかってもいる。それでも「夫婦は人生共同体」という意識に欠けた夫に対しては、「こっちは誓いに忠実にやってきたのに、それはないいんじゃないの？」と言いたくもなるのでしょう。

感情を分かち合う相手がいる救い

女は結婚生活の中で、妻として、母として成長し、変貌を遂げていきます。ところが結婚しても基本的に独身時代と生活形態の変わらない男たちは、いつまでも青春時代のまま。バイクだ、ゴルフだ、夜の街だといつまでもフラフラしている。このことに対して多くの妻たちが「ずるい！」と不満を募らせているのです。

『喜びも悲しみも幾歳月』という木下恵介監督の古い映画があります。１９５７

年に公開された当時に大ヒットし、不朽の名作として女性を中心とするファンに長く愛された作品です。

人気の理由は佐田啓二、高峰秀子という二大スターの共演ということもあるでしょう。でも、多くの女性が強く憧れたのは、映画に描かれていた理想的な夫婦のありようだという気がします。

どんな時も感情を分かち合う夫婦愛を描いた名作ですが、病める時も、貧しき時も、災いに遭う時も、自分と同じように悩んだり、悲しんだりしてくれる人がいるということで、人は救われるのです。結婚の試練を乗り越えていく勇気が湧いてくるのです。

しかしそもそも、人生共同体という意識でがっちりと結ばれた夫婦があたりまえであったなら、あえて映画にする必要はありません。そうしたことから大ヒットの背景には、妻たちの夫に対する不満があったのではないかと考えることができます。

「こっちは忠実にやってきたのに、それはないんじゃないの？」は、どうやら普遍的な妻の嘆きなのです。

寿命と共に長くなりすぎた夫婦生活

かくいう私は椿山荘《ちんざんそう》で神前式を挙げました。

キリスト教式での「誓いの言葉」にあたる「誓詞奏上」を思い出し、そもそも誓いの言葉には無理があるのではないか？　などと思うのです。

結婚式での誓いの言葉は、「今このような言葉で誓うことができないような結婚ならすべきではない」という、いわば最終確認。そんなふうに私は認識していたので、あの日、あの時に「はい」と答えたのです。

ただ今になって思うのです。だからといって永遠の愛など誓えるものではない、諸行無常が世の常なのだからと。

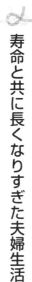

人生50年の時代ならまだしも、現代では80代、90代まで生きるわけで、定年退職後の夫婦生活が20年も30年も続くことが珍しくなくなりました。ここに熟年離婚が増えた要因が潜んでいるように思います。

一つには、人生50年といわれた時代の人生は凝縮していて、不満を抱くより先に人生を閉じていたということが考えられるでしょう。たとえ配偶者に不満を抱いたとしても、残り時間が少なければ、現世ではよしとするかと諦めもつきます。ところが寿命が延びた現代では、夫婦として生きる時間があまりにも長くなり、夫に不満を抱いた妻が、「この夫とあと30年も連れ添わなければいけないのか」と思ったりするわけです。

結婚生活が50年も続いたら、いかにラブラブだった夫婦関係だって倦怠《けんたい》もすれば、澱《よど》みもする。ここらで一度、配偶者を替えてみようかと考える人がいても不思議ではないと思います。

花嫁衣装の白無垢は死装束

いずれにしても、結婚の誓いに「はい」と答えたあの日の私は浅はかでした。とりあえず好きな人と結婚できた自分はラッキーだという思い。喜びに酔いしれていたのでした。みんなが「おめでとう！」と祝福してくれ、ますますその気になっていました。

のちに花嫁衣装の白無垢は実家に対する死装束なのだと知って愕然としました。角隠しは、ムカッときて頭に生える「角」を隠すことを意味します。日本において結婚式というのは、結婚生活は苦労が多いことを前提として行う儀式なのです。

神主は、「あなたは好き好んで忍耐と屈辱を強いられる人生を選びました。自由だった昨日までのあなたは死にました。生まれ変わり、今日を限りに苦労の中へ飛び込みますが、よろしいですね？　みんなの前で誓いを立てて覚悟を決めて

ください ね」と促しているのです。

一体、どこがオメデタイのでしょうか?

もちろん結婚生活には、新しい家族を得たりと楽しいこともたくさんあります。とはいえ、なにやらトリッキーな儀式を経て幕を開ける新しい生活に対し、「こんなはずではなかった」と思う人がいるのは当然といえば当然だと思います。

「恋愛結婚」という言葉の罪

前述したように、私はお見合い結婚をした両親を見て育ち、愛とは無関係に話を進める「お見合い結婚」より、好きな相手と結婚する「恋愛結婚」を理想としていました。「恋愛結婚」のほうが夫婦の絆が強いと感じていたのです。

ところが実際には、お見合い結婚の離婚率のほうが断然低いといいます。恋愛結婚の中でも、恋愛中にラブラブであったカップルほど離婚率が高いという話もあるようです。

たまたま見た雑誌のインタビュー記事の中で、人気番組『新婚さんいらっしゃい』の司会者としておなじみの桂文枝さんが「新婚時代にテレビに出演したカップルのその後を追うのは難しい。なぜなら離婚している夫婦が多いので」と語っているのを読んで、最初は意外に思いました。でもその先を読み進んで思わず納得。文枝さんの分析は、「熱しやすい二人は冷めやすい」だったからです。

いずれにしても恋愛結婚の離婚率がお見合い結婚の離婚率に比べて高いのは、恋愛結婚をする人の多くが、恋愛感情が永遠に続くと信じている、つまり恋愛の延長線上に結婚があると捉えているからなのではないでしょうか。

恋愛の濃さと夫婦円満は別

恋愛と結婚は別なのです。

恋愛は「あなたが好きだ」という気持ちだけで成立しますが、結婚は「好きだ」という感情だけでは成り立ちません。

しかも猛烈な恋愛感情が継続するのは、せいぜい3年か4年。1990年代にベストセラーとなった『愛はなぜ終わるのか』という本の中で、著者である人類学者のヘレン・フィッシャー博士は「愛は4年で終わる」と提唱しています。恋愛状態でいる時に脳の中で分泌されるドーパミンは3年で切れてしまう、という脳科学に裏付けされたものでした。

つまり恋愛の濃さと夫婦円満には何の因果関係もない。大恋愛の末に結ばれた二人だから絆が深いなどというのは嘘なのです。

恋愛はやがて終焉を迎え、それと同時に冷静になって人生について真剣に考え始める——。恋愛結婚をした人の結婚生活が本格的にスタートするのは、そこからだといえるわけです。でも冷静になってみたら、自分が選んだ相手は結婚相手としてはふさわしくないと気づいてしまうこともあって、そうなると〝離婚〟という発想へと行きつきます。

一方、お見合い結婚の場合には、初めから結婚生活を想定して相手を選ぶため、安定感がある。もとより恋愛相手としての期待度は低いのですから、トキメキから覚めるというターニングポイントはなく、淡々と結婚生活を続けることができるのです。

それなのに、多くの人が恋愛と結婚は別物だということに気づくのが遅れるのは、「恋愛結婚」という言葉のせいだと私は思うのです。

「恋愛の延長線上にある結婚も一つのスタイルだ」というのではなく、「恋愛の延長線上に必ず結婚がなくてはならない。それこそが大団円」と聞こえてしまう点が非常に紛らわしいと思うのです。

一目惚れの恋も、運命の人も妄想

恋愛の濃さと夫婦円満には何の因果関係もない、とお伝えしましたが、恋愛期間の長さと夫婦円満は密接な関係にあるといえそうです。

恋愛においては、趣味や関心のあることが一致していたほうが盛り上がります。気の合う人どころか、運命を感じてしまう人もいそうですが、「この人は運命の人だわ！」は思い込みに過ぎません。すべてが自分と合致する感性の人などこの世に一人もいません。

私は恋に恋する乙女の頃、双子の片割れを探すような気持ちで恋人を探そうと思っていましたが、幾度か恋をするうちに、そんな男性はいないのだと悟りました。もし存在するとしても、その男性は自分と同じ欠点も持ち合わせているわけで、そんな人は嫌だと考えるようになったのです。

交際期間が長くなれば、そのあたりのことがわかってくるはず。互いの長所も短所も冷静に受け止められるようになります。でもこの時点では、まだまだ信頼関係を築くことができたという段階ではありません。

次なる関門はマンネリ化。二人でいるのがあんなにも刺激的で楽しかったのに、いつしかトキメキがなくなっている。この現象がつまらないと感じた場合には別れることになりますが、「空気のようで居心地がいい」と感じれば交際は続きます。

ここまできた二人なら、夫婦となっても交際していた時のまま淡々と歩んでいくことができるでしょう。

「ビビッと婚」に潜む落とし穴

逆説的にいえば、スピード結婚はリスキーなのです。

出会いの時にビビッと感じたのはいいとしても、ビビッときた勢いでゴールインしては結婚後の落胆が激しい。つまり、夫婦としてやっていく意欲が薄れてしまいやすいのです。

そもそも一目惚れの恋ほど危ういものはありません。一目見て恋の魔法にかかってしまったら、相手を見極めるための眼力は消え失せ、あばたもえくぼ状態になってしまう。そしてガサツな男が野性的に見え、優柔不断な男が優しい彼だと思い込んでしまうのです。

頼りになる男性、優しい男性、それぞれ理想はあるとはいえ、「守ってほしい」「優しくしてほしい」とあまりに女性が受け身であることは危険です。ましてや夫婦で畑を耕す気がない女性の結婚生活は、決して楽ではないと私は断言できます。

やはり人生は、「自分の力で」という覚悟と気合いで切り開いていかなければ。他人任せの人生には不安がつきまといます。

不安がつきまとう人生は幸せだとはいえません。

私を激変させた出来事

両親を見て「お見合い結婚はよろしくない」と思っていたとはいえ、幼い頃の私は闇雲に甘い恋物語を夢見ていたわけではありませんでした。『シンデレラ』『眠れる森の美女』『白雪姫』などには王子様が登場して、ハッピーエンドを迎えます。でも私はハッピーエンドのその後が知りたくて仕方がなかった。私はお姫様の人生はまだ続くのだと考える現実主義の少女であり、リアルな生活に置き換えて「王子はありえないな」と達観する、ひねくれた娘だったのです。

物語を読みながら、「シンデレラ」は貧しい身なりをしているのに、王子が「僕の探していた女性だ！」と気づくことができたのはなぜか？　物語に出てくる王子はそろいもそろって、美しい人は心も美しいと決めてかかっているけれど、そんなことはないだろうなどと、気になることが多すぎて、ロマンティックな妄想に浸ることができなかった。それどころか、「私は美少女ではないが心は綺麗だ。でも、これだと王子は選ばないのね」と憤りを抱くほどでした。

ところがそんな私を激変させる出来事が起こったのです。

それは初恋。私は中学校の同級生に恋をしました。そんなにハンサムでもないし、成績がいいとか、スポーツ万能というのでもないのに、気づけばいつも目で彼を追っている。とにかく好きで好きでたまらないのです。

バレンタインデーにチョコを渡したり、偶然を装って校門で待ち伏せをしたり、彼の家を見に行ったりしていました。なにやらストーカー行為のようですが、恋をすれば相手に対する執着心が生まれるのは当然なのです。

それにストーカーと片思いは違います。ストーカーは支配欲に満ちていて、自分が嫌われているなどという発想がありません。でも片思いは相手に嫌われたくない、もしかしたら嫌われているかもしれないと思っています。私にしても、うまくいかない展開に落ち込んでいたものです。

徐々にボルテージが下がっていったとはいえ、初恋の彼に対する気持ちを十年にわたって抱き続け、その間に三回くらい告白しましたが、私の恋が実ることはありませんでした。

長い長い片思い。でも片思いは立派な恋です。

理性では抑えることのできない愛情の高まりを自分の内部に抱える現象が恋。意中の人を思いながら、ときめき、不安、息苦しさ、せつなさなど、さまざまな感情に出会えるのは片思いも両思いも同じなのです。

恋愛の正体は性欲

恋によって内部変化を起こした私は、たちまち夢見る夢子へと変貌を遂げました。

「もしもデートできたら……」「もしも彼がこんなことを言ってくれたら……」と妄想を膨らませる日々が始まったのです。

私の恋はいつしか周知のこととなり、「あなたのような真面目な人がなぜ彼なの？」と訊かれたりもしましたが、当時はなぜと訊かれてもわからなかった。でもモテモテだった彼は、いわば「セクシーな男の子」だったのではないかと思います。

この世には女性だけが察知する色っぽさを先天的に備えている男の子というのがいるのです。そういう人はモテるから早い段階で女の子と交際をする。するとますますフェロモンが出て女の子が吸い寄せられる。

とはいえ私の妄想はもっぱら純愛志向でした。恋する男女は、手を繋ぎ、キスをして、セックスによって身も心も結ばれるのだと知ってからも、「ダメダメ、そんな不埒《ふらち》なことを考えては私の恋が穢《けが》れてしまう」と妄想を無理やり遮断していたのです。

しかし、今にして思えば、初恋は私を激変させた出来事でした。

私は33歳の時に出版した『恋愛論』という本の中に、「恋愛ほど美しいものはない」と書いていますが、じつは恋の正体は性欲なのです。性欲を美しく衣付けしていただけなのだと、60歳を前に性欲が枯れてきてはっきりと私は認識しました。

同窓会で初恋の彼と会っても「どうしてこんな人が好きだったのか?」と不思議でならなかったのですが、こちらに性欲がなくなった以上、いかにセクシーな男であってもピンとこなくなってしまったということでしょうか。

人は性的に惹きつけられる人にしか「恋」はしない。性欲がなくなると、興味の対象は男でなくても、犬でもガーデニングでもいいやということになるのです。

青春時代のヒット曲が結婚に及ぼす影響

なぜ私は「恋愛ほど美しいものはない」とあれほどまでに思い込んでしまったのか？　と考えた時に思い当たるのは、思春期から青春時代に聴いていたヒットソングの数々です。

初恋を経験した中学時代に大ヒットしていたのは、サイモン&ガーファンクルの『明日に架ける橋』です。

当時、私は深夜ラジオに夢中で、関西ローカルの人気番組だった『ヤングタウン』でパーソナリティーを務めていた笑福亭鶴光さんにせっせと葉書を送る投稿マニアだったのです。

「徳島にお住まいの準子さん（私の本名）からのリクエストで」と、投稿された葉書が初めて採用された時の興奮は、今でも忘れられません。後日、「ヤンタンハット」なる白いカウボーイハットが送られてきて感激しました。
その後も投稿熱は過熱していく一方で、やがて「サイモン・準子」という投稿ネームを持つようになったのは、サイモン&ガーファンクルの、特にポール・サイモンのファンだったから。
因みに「柴門ふみ」というペンネームは、漢文の授業で習った李白の詩で、「柴門」をサイモンと読むのだと知って当て字を思いつきました。
サイモン&ガーファンクルは、『アメリカ』『サウンド・オブ・サイレンス』など名曲をたくさん世に送り出していますが、中でも中学時代にリアルタイムで聴いた『明日に架ける橋』は、私の恋愛感情に火をつけた一曲。
「疲れ果てくじけそうで
君が涙ぐんでいるときは
僕がそっとぬぐってあげるから
つらくて友達にはぐれたときも

そばにいてあげるから
激流に架ける橋のように
僕の体を君のために投げ出そう」

辞書を片手に必死で英語の歌詞を翻訳し、「恋愛ほど美しいものはない！」と刷り込まれた当時の私は、ポール・サイモンこそが理想の結婚相手だと信じて疑わなかったのです。

ヒットソングは罪深い

同じころ、エルトン・ジョンの『YOUR SONG』を聴いて、なんて美しい曲を作るのだろうと感銘を受けました。エルトン・ジョンも理想的だと思ったのですが、「これがエルトンだよ」と見せられた写真に「え！」っと一瞬固まってしまい……。

それでも『YOUR SONG』は幾度も繰り返し聴いていたので、今も歌詞は全部覚えています。「君がいる限り僕の人生は素晴らしい」と歌うエルトンが女性に興味がないと知った時も衝撃的でしたけれど。

クロスビー・スティルス・ナッシュ＆ヤングの『OUR HOUSE』という歌の世界にも憧れていました。

夫婦が家で過ごす時間を、丁寧にいつくしむようなその歌詞の世界に、「これこそが愛の理想像だ」と完全にインプットされてしまったのでした。

次にハマったのはフォークソングです。

中でも吉田拓郎さんは私の青春そのもの。中学3年の時に徳島で開催されたコンサートにも行きました。ナマで拓郎さんを見た時の興奮、歌声を聞いた時のトキメキ。あれは恋でした。その拓郎さんの代表作といえば『結婚しようよ』。

漫画家になってから拓郎さんにお会いする機会に恵まれ、あの時ほど漫画家になってよかったと思ったことはありませんでした。

ドキドキしながら「はじめまして」と挨拶をしたのですが、いきなり「ご主人、かっこいいですね」などと切り出されてしまい、「違う違う、私が結婚したかったのは拓郎さんだったんです」と心の中で叫んでいました。

ユーミンの『中央フリーウェイ』は、結婚前、夫とドライブをする時によく聴いていた思い出の一曲です。

「中央フリーウェイ
　右に見える競馬場
　左はビール工場」

「愛してるって言ってもきこえない
　風が強くて」

ヒットソングの数々は恋の気分を盛り上げてくれました。

でも恋愛は素晴らしい！　↓恋愛結婚こそ理想的な愛の形だ！　という大いなる勘違いを人々に与えたという点においては罪深いといえそうです。

結婚は愛だ！　と信じて上京

東京の大学に進学したいと考えたのは、田舎から抜け出したかったから。上京することが決まった時に、これで私は救われたと思ったことを覚えています。

東京デビューをするにあたり、私は徳島で助走をつけていました。ラジオを聴いていたのもその一環。『an・an』などのファッション誌を読んで、東京ではこんなファッションが流行っているのか、都会にはこんな店があるのか、都会の恋はこんな感じなのかと夢を膨らませ、飛躍したいという野望を抱いていたのです。

恋愛は素晴らしい！　結婚は愛だ！　と信じて上京した私ですが、当初は恋のことも結婚へのあこがれも据え置き。早く東京暮らしに馴染まなくてはと必死でした。

受験で初めて東京に行った時に受けた東京の第一印象は、水道水がカルキ臭い、徳島の赤茶けた土と違い土が黒い、灌木《かんぼく》しかない徳島では見たことがないほど木が大きい。これが私の東京三大ビックリ。

暮らし始めて驚いたのは車窓から見える景色です。暮らし始めた三鷹から茗荷谷にあるお茶の水女子大学まで中央線で通っていたのですが、徳島ではどこからでも必ず海か山か川が見えたのに、東京には家しかない！

食に関してもカルチャーショックの連続でした。

ラザニアやピザは初体験。吉祥寺のマクドナルドでハンバーガーとマックシェイクに遭遇した時も衝撃的でした。世の中にこんなに美味しいものがあるのかと震えるほど感激したところまではよかったのですが、食べ終えたあとのシステムがわからず、トレイごとゴミ箱に放り込んでしまったりして。

思い返すと恥ずかしいのですが、毎日が刺激的で、私の人生の中で一番楽しい季節だったように思います。

ボーヴォワールと女心

都会でできた女友達は恋愛感覚も進んでいて、セックスの話も赤裸々に語ります。初めは戸惑いもしましたが、羞恥心より好奇心のほうが断然強くて、すぐに前のめりになって話に参加するようになりました。

意外だったのは、そうした恋愛やセックスの話が、「女が泣きを見ないように作戦を立てなければいけない」というロマンとはかけ離れた流れへと展開していくことでした。男女雇用機会均等法ができる以前の一九七〇年代後半だった当時、フェミニズム運動がちょっとしたブームになっていたのです。

フェミニズム運動の人たちは、男と女には決定的なズレがあると考えていました。たとえば男が結婚をしたい動機の上位は「タダでセックスできる」なのに、それを言葉では「結婚により安定した性生活の相手を確保できる」とキレイに言い換えている。つまり、結婚は、ただの合法的売春なのである、女たちよ目覚めよ！　と説いていました。

その先頭に立っていたのは、フランスの女性思想家シモーヌ・ド・ボーヴォワール。著書『第二の性』の中に記された「人は女に生まれるのではない、女になるのだ」という言葉が有名です。女性らしさなどというのは社会が作り出した約束事に過ぎないと説いたボーヴォワールは、哲学者サルトルと互いに自由であることを保証し合う結婚契約を結んだことでも広く知られていた女性でした。

私たちもボーヴォワールに感化され、学食などに集うたびに「確かにそうだ！」「男社会の犠牲になってたまるか！」と息巻いていたのですが、その中の一人が売れないミュージシャンと同棲生活を始め、男の靴下を脱がせてあげていると聞いて「何だと？　男の靴下を脱がすだと？」「自立した女をめざすのではなかったのか！」と、その場が一斉にどよめいたのでした。

でも私は、その時に、頭ではわかっていても情に負けて男に尽くす女心というのは面白いなと関心を抱いたことがきっかけで、のちに『女ともだち』という連載作品を描くようになります。

その後、日本でフェミニズム運動を盛んに行っていた女性が、妻子ある男性と恋愛をした挙句、不倫の子どもを産んだという出来事が起こりました。男なしでも私は自分で子どもを育てる覚悟だと聞けば自立した女であるかのように感じますが、結局のところ都合のいい女なのではないかと感じたりもして、人間というのは不思議な生き物だなと、つくづく思いました。

不思議で魅力的な生き物の、その源を探るべく、私は今日まで作家活動を続けております。

「言葉」より「行動」

これまでに雑誌やウェブでたくさんの恋愛や結婚に関する悩み相談にお答えし

てきました。

相談内容は多種多様ですが、多くの女性がパートナーの愛に不安を抱いていて、自分が愛されているのかを確認したいと考えていることを感じます。

たとえば、「彼氏から愛していると言われたことがない」「旦那が愛していると言ってくれなくなってしまった」などという不満を抱いている女性がいる一方で、「彼に二股をかけられているようなのですが、『愛している』と言ってくれるうちは大丈夫でしょうか？」と希望を抱く女性もいるなど、どうやら女性は「愛している」という言葉さえあれば安泰だと、言葉に依存する傾向にあるようです。

でも本当に注目すべきは、言葉ではなく行動なのです。

口では何とでも言える。「愛している」なんて、ただの「あ」と「い」と「し」と「て」と「い」と「る」です。「愛している」と言いながら浮気をする男はいくらでもいます。反対に「愛している」と言葉にしなくても、日常の中の小さな約束もたがえない男性には愛があるといえるでしょう。

「愛している」に依存しない

作家の故・渡辺淳一さんは、「いわゆる女性への褒め言葉は、心を入れたら恥ずかしくて言えない。でも、心を入れずに言っても相手は喜ぶんだから言ったほうがいいんだ」とおっしゃっていたそうですが、本当にその通りだと思います。

取材で知り合った千人斬りだという三十路の男性も、「息を吸うように女を口説く」「本気で惚れていたら、相手の反応が怖くて『愛してるよ』なんて簡単に言えるものじゃない」と豪語していました。

ところが人は言葉を信じてしまう。言葉のマジックに関しては、私にも思い当たる節があります。

東京に来て、標準語というのは空々しいなと感じました。幾度か「好きです」と告白されたことがありましたが、ちっとも心に響かないなと思ったりもして。

これが徳島弁で「ほんまに好きなんじょ」なんて言われた日には、真っ赤になってモジモジしてしまうところなのですけれど。

それはともかく、「愛している」などという言葉に依存してはいけません。たとえ言われても嬉しいと思うにとどめ、人生を翻弄されてしまうほど信じてはダメなのです。

手軽な恋は手軽に終わる

『恋愛論』という拙著の中で、私は「恋とは稲妻に打たれるようなものだ」としたうえで、

①相手に会いたい
②相手のことをもっと知りたい
③相手と寝たい

この三つがそろえば恋であると定義づけています。そして、「恋」と「愛」とは違う。「愛」とは相手に対する感情移入だと書きました。激しい思いである「恋」と、穏やかな思いである「愛」が合体した結果として生まれるのが、「恋愛」なのだと。

恋愛が始まった後は千差万別な流れを辿っていくわけですが、結局のところ、私が漫画を描く時の恋愛は、大きく分類すると3パターンしかありません。

①自分の思いが相手に通じない
②好きでもない人に思いを寄せられる
③両想いで結婚する

あとはここからバリエーションを広げ、いくらでも物語を作ることができるのです。

ただし手軽に始まる恋からは、物語を広げていくことは難しいと思っています。今日知り合ったその日のうちにセックスに至ってしまったという始まり方をする恋愛もないとはいえませんが、手軽な恋は手軽に終わるのが宿命ではないでしょうか。深い感情の揺れを体験できないインスタントな恋を数多くこなすだけでは、本当の恋愛は手に入りません。

人生の中で三回恋愛することができたら大儲け、一度でも両想いの恋ができれば幸せだというのが持論ですが、たまにしか訪れないからこそ、恋愛の記憶はかけがえのない思い出として、人の心の中で輝き続けるのではないでしょうか。

世界で一番好きな男と結婚することの不幸

とはいえ、恋愛パターンの中で③の「両想いで結婚する」が理想的だと盲信することが、じつは危ないのです。結婚はしてみないとわからない。ここに人生の大きな落とし穴があるのです。

結婚生活の中で妻が直面する夫婦の苦労には、健康に関することや、経済的な問題、夫の女性問題、モラハラやDVなどいろいろあります。これらアクシデントに見舞われた時に受ける衝撃も大きなものですが、最も大きな打撃は、結婚の幻想に縛られて結婚した挙句に目の当たりにする現実だと思います。

これで大好きな人と毎日一緒にいることができるのだから私は幸せだ、彼は私だけのものになった、もう私は一人じゃない……。すべて幻想です。

恋人のままでいれば二人の関係は続いていたかもしれないという話をよく耳にします。一緒に暮らさなければよかった。たまに会う人と毎日会う人とでは、同じ男性であってもまるで別人のようだった。たまに会う関係で多少の距離があれば、いつまでも相思相愛でいることができたはずなのに、と。

しかし法的に夫婦でないと、あとから現れた女性によって彼を奪われてしまうことも覚悟しておかなければいけません。もっとも結婚しても夫を略奪されることはありますが。恋愛関係であっても、夫婦関係であっても自分以外の人の心を縛ることはできません。男女関係は「縁があれば続く」としか言えない不確かなものなのです。

もしかしたら、「好きの総量」はあらかじめ決まっているのかもしれません。総量が100だとして、「好きの度合い×時間」という計算式を当てはめるなら、100のエネルギーで愛すれば1年で終わるし、20しか好きじゃなければ5年もつ……。

それにしても、世の中というのはうまくできているなと思います。世界で一番好きな人と結婚した女性は幸せですが、それで安泰というものでもありません。大好きな人と結婚などしたら、気が抜けず、息もできない。夫の行動に神経を尖らせ、言葉を真に受けて動揺し、「好き」という気持ちの裏にぴったりと張り付いた、独占欲や嫉妬心に支配されながら生きていくなんて苦しすぎます。

そんな結婚生活は、穏やかな幸せとは無縁です。

結婚生活に必要なのは、男女愛ではなく家族愛。このことを若い世代の女性たちにしっかりと伝えていくことが、私たち世代の女性の使命なのだと私は考えています。

結婚は互助会である

夫に対して不満はあるが、かといって離婚する勇気もないという女性が目立ちます。

確かに熟年世代に突入してからの離婚は考えもの。きっぱりと離婚しようと決断できる女性はよいのですが、そんな人ばかりではありません。

経済的な問題や子どもたちとの関係、自分の健康問題、ここまで積み重ねてきた人生に対する未練などもあり、できれば離婚は避けたいという結論に達しては、目の前にいる夫の言動にはやっぱり我慢ができないという堂々巡りを繰り返している人も多いのではないでしょうか。

でもネガティブな感情の中に浸っていると自分の精神が弱ってきます。自分のネガティブな思考に自分のエネルギーが吸い取られてしまうのです。人生は短いのですから、悩むことだけで過ぎていくのはもったいない。状況は変わらなくても、見方を変えれば救われるかもしれません。

たとえば私は、「結婚は互助会だ」と捉えることで楽になりました。

病気になった時に病院へパジャマを届けてくれたり、支払いをしてくれたり、他人には頼めないことをやってくれる人材だと割り切れば、夫はやはりありがたいものです。

そんなことは姉妹だって、子どもだってしてくれるという声が聞こえてきそうですが、それぞれの生活があると思うと意外と頼みづらいもの。

重いものを持ってくれる、電球を取り替えてくれるなど、労働力としての男手は、女性主観で見れば結婚のメリットの一つと言えます。

我が家の近所にメンチカツで有名な店があるのですが、家でパーティーを開く時に「お一人様十個限定」のところ、夫婦で並んで二十個ゲットしたということもありました。どんなに些細なことでも夫がいてよかったと思うことができれば、気持ちを立て直すことに繋がるのです。

夫婦はただの互助会なのに、都合のいい夢を勝手に見て、勝手に裏切られたと思っているだけなのだと心を切り替えてみる。

あるいは気持ちと行動を切り離して捉えてみる。私には、あたりまえのように家事を押しつけられ、イライラしていた時期がありましたが、余計なことは考えず行動に移すという術を覚えてからは、ストレスを感じることがなくなりました。

やってみる価値は十分にあると思いますよ。

第三章

夫婦は理解しあえるの嘘

男は一つのことだけに集中する脳

こちらが夫の結婚観に疑問を抱いているとしたら、あちらだって妻の結婚観に疑問を抱き、不満を募らせているはずだと思いきや、案外そうでもないのです。夫は妻ほど家庭内のことには気が回りません。妻が専業主婦か仕事を持っているか、子どもがいるかいないのかには関係なく、これは男女の脳の違いによるものでもあるようです。

ものの本によれば、女は同時期に、たとえば企画書の内容を考えながら晩御飯のメニューを考えているなど、幾つものことを同時進行することのできる脳。片や、男は一つのことだけに集中する脳なのだとか。

つまり多くの男は、仕事なら仕事だけ。結婚生活に不満を抱く以前に、そもそも家庭内のことなど、ほとんど眼中にない。

結婚生活は恋愛の延長線上にあるという幻想を抱くのは女性の特徴で、男は結婚と同時に「これで仕事に集中することができる」と気持ちを切り替えているのかもしれません。

女性は結婚を機に、自分のためだけに使う時間が激減してしまうなど、生活環境がガラリと変わってしまうわけですが、慣れない家事をこなしながら、嫁姑問題と対峙しながら、育児に追われながら、儘ならない出来事を乗り越えていくための忍耐力や知恵を備えていきます。片や、結婚後も結婚前とさして変わらないライフスタイルで暮らすことのできる夫は成長しない。

恋愛中はうまくいっていた二人が、夫婦になったらギクシャクし始めてしまう理由は、こうした精神的な成長のズレにもあるのではないでしょうか。

妻は虎視眈々と離婚の準備を進めていく

しかも男の脳は構造上、鈍感。女のほうが、相手の声のトーンや顔の表情に敏感なのだそうです。意思表示ができない子どもを育てるには、慮《おもんぱか》るということが不可欠な能力だからかもしれません。また、夫に「子どもを見ていてね」と頼んでも、迷子になったり、見てはいるけど子どもが目の前で転んでいたりして、任せられないという話もよく聞きます。

敏感であるがゆえに、相手の顔にキャッチすべき情報が表れていることを知っている女は、表情を確かめながら話を進める傾向にありますが、そもそも男は相手の顔さえ見ていない。

釣った魚にエサはやらないという言葉があるように、魚を釣るまでの恋愛中の男は、恋の力を借りて相手の心の動きに敏感になろうと努力をしているだけで、魚を釣りあげたあとは努力することを忘れてしまうのです。

家庭に目配りをしない分、楽観的でおめでたいのも男の特徴なら、鈍感でデリカシーに欠けるのも男の特徴。となると結婚生活をしていくうえで、気遣いばかりしている女は損な脳ではないでしょうか。

ただし「この夫とは無理！」という結論に達した時には、女のほうが有利なのかもしれません。

家事や子育てをしながら離婚の算段について考えることのできる女は、離婚のシナリオを作って長期計画を立て、着実に準備を進めることができるのですから。

夫の定年を機に熟年離婚をする夫婦は少なくありませんが、多くの場合、夫にとっては寝耳に水。少なくとも私は、熟年離婚を見越して準備を進めていたという男性の話は聞いたことがありません。

妻の不満は永久不滅ポイント

男は女に比べてすぐに忘れる脳だということもよく耳にします。

一般に、夫婦で大喧嘩をして互いに罵り合っても、夫の記憶は日毎に薄れ、抱いたはずのネガティブな感情が続かない。ところが妻は夫と交わした会話のみならず、その時に抱いた感情までしっかりと覚えていて、夫と向き合うたびに記憶を蘇らせているのです。

とはいえ、離婚の要因の上位を占める借金や浮気といった出来事は、きっかけにはなっても、多くの離婚の直接的な理由ではないように思うのです。

日常生活の中で、妻は夫に対する不満を「一つ、二つ……」と数えているのではないでしょうか。「あの時、夫は私を見下すような発言をした」「彼は私の親の介護の時に、何もしてくれなかった」「夫は子どもの運動会に来なかった」……。

一つひとつの出来事は些細なことでも、何百個も重なれば深刻な問題と化します。しかも妻が夫に対して抱いた不満は永久不滅ポイントなのです。

夫はマイナスポイントを作るたびに、それなりのフォローをしているつもりかもしれませんが、プレゼントを貰ったり、ちょっと家事を手伝ってくれたところで、妻にとってはソレはソレ、コレはコレ。マイナスポイントが消えることはありません。

やがて溜まりに溜まった不満を妻が爆発させ、夫に三下り半を突きつけますが、夫は理由がわからず愕然としてしまう。でも妻にしてみれば、マイナスポイントが加算されるたびに「また溜まりましたよ」「もう上限に近いですよ」とサインを送ってきたはずなのに、なぜ気づかないの？　と、そのことにも愕然としてしまうのです。

男は「型」を優先する

年金分割制度が始まったのは2007年。熟年離婚が大きな話題となり、以降、その数は増え続けているようです。

熟年離婚を切り出すのはほとんどが妻だそうですが、このことの背景には、男が「好きな相手でなくても結婚していられる」生き物だということもあると思います。というのも男が何よりも優先するのは「型」なのです。

思いやりや優しさという感情的なことを妻が夫に求めているのに対して、夫が求めているのは、夫婦という形。あるいは家族という形なのです。

子どもに対する思いにしても、男と女では違います。

たとえば再婚を考えた場合、多くの女性は自分に子どもがいることは不利であると考えてしまいがちですが、現実には子連れで再婚する女性は大勢います。この場合、子連れの女性と結婚した男性は、心の広い人、困難を受け入れて愛を貫いた勇敢な人としてグンと株が上がりますが、そうとも限りません。

子連れの女性と結婚する男は一見寛大に見えますが、じつはそれは子どもに対する男女の意識の違いから生じる勘違いに過ぎない場合があります。

そばにいて毎日毎日愛情を注ぐというのが女の我が子に対する愛情のかけ方ですが、男は違います。もちろん例外はありますが、多くの男は子育ては妻の仕事だと考えているし、自分が毎日面倒を見るわけでもないので、経済的な算段が立ちさえすれば、結婚相手が子連れであろうと問題はないと考えるのです。

男が親権にこだわる理由

それでいて、男は離婚をする際には血縁関係のある子どもの親権にこだわる人が多いようです。

私の周囲では、家族で暮らしていた時には子どもとほとんどコミュニケーションをとっていなかったという男であっても、いざ離婚となると「子どもは置いて行け」と言い出すケースが少なくありません。

これは妻に対するいやがらせなどではなく、男が血の繋がりにこだわっているからでしょう。

子どもを引き取った男が再婚し、後妻が子どもを育てることになったという話も聞きますが、産みの母親は、「後妻に育てさせるくらいなら、どうして私に子どもを渡してくれないの？」と嘆きます。

子どものことを考えても、母親が引き取るほうがいいと思えるケースでも、男は戸籍上の「型」を崩したがらない。この子は自分の遺伝子を受け継いだ子どもなのだから、この子が本家を継ぐのだから、この子に事業を引き継いでもらわないと困るのだからと、頑なで柔軟性がないのです。

自己中心的だといえるわけですが、それが日本の男の、特に長男にありがちな独特な考え方でありスタンダードな捉え方だといえるでしょう。

ですから、自分と同じような気持ちで夫も家族を見つめているなどとは、端から思わないことです。男と女は違うのです。

「いつからテニスなんかしてるんだ？」

女同士で話していると、「夫が、君は何時に帰ってくるんだ？　と煩わしいのよ」と言いながらも嬉しそうな人が時折います。そういう女性は、夫の束縛は愛の表れだと受け止めているのでしょう。しかし、残念ながら夫の束縛は支配欲の表れでしかありません。

新婚当時ならともかく、何十年も一緒にいる夫が「もしかしたら妻は不倫でもしているんじゃないか」と不安や嫉妬心を抱いて妻を束縛するなどというのは、非常に考えづらいことです。

先日、女性ばかりの集いで、一人が
「私がロングヘアからショートヘアにしても夫は気づかなかった」
と切り出したら、別の女性が
「そんなのマシよ。私なんて玄関で鉢合わせした夫から『ラケットなんか持ってどこへ行くんだ?』と訊かれて呆れたわ。『テニススクールに決まってるじゃない』と言ったら、『いつからテニスなんかしてるんだ?』だもの。私、テニス歴8年なんだけど」
と言う。また別の女性が
「そんなの可愛いほうよ。私は足を骨折して1ヵ月くらいギプスをしていたでしょう? 完治してから夫に『えらい目にあったわ』と話しかけたら、キョトンとしているの。『大丈夫か?』なんて優しい言葉は期待していなかったけど、そもそもギプスに気づいていなかったのよ。呆れたわ」
と言い出して、そこから、いかに世の中の夫たちが妻に関心がないかという話に花が咲きました。

夫が抱く妻に対する幻想にイラッとくる

もはや怒りを超えて笑い話と化していたのは、男とはそういう生き物だと嫌になるほど学んでいる同志だったからでしょう。

その席で私が披露したのは、男というのは女を直視していない、女のイメージを見ているだけだという話でした。

というのも、私は夫からよく「君はそんなことを言う人じゃない」という諭され方をするからなのです。

そんなことを言われても……と、こちらとしては思うわけです。今の意見は私の意見だし、私はずっとこう考えてきたのだし、これからも変えるつもりはない。だいたい夫は私の何を見ていたのか、これまで私の話を聞いていなかったのかと。

するとこれまた話が盛り上がり、

「まさかと思うんだけど、夫は私のことを家事が好きな女だと思っている節があるのよね」

「信じられないことなんだけど、夫は私と姑の関係性が良好だと思っているようなのよね」

「冗談やめてよと思うのだけれど、夫はどんなに浮気をしても、老後は妻が介護してくれると思い込んでいるようなのよね」

と、妻たちの本音が出るわ出るわ。

夫が妻に対して抱く手前勝手な幻想にうんざりしているというのも、妻たちに共通した苛立ちの原因の一つなのだと確信しました。

男は嫌なものは見たくない、現実を見てがっかりするのが怖いのです。その現実逃避に、女はイラッとするのです。

笑って見過ごせるズレ、笑えないズレ

女同士で話している時に「うちの夫は宇宙人だから」という言葉をよく耳にします。宇宙人だからしょうがない、もう諦めているというわけです。

もちろん私は賛同します。うちの夫も立派な宇宙人なので。

あれはまだ子どもたちが小学生だった頃のこと。帰宅時間の遅い夫が家族と食卓を囲むことはなく、その日も母子家庭状態で夕飯をすませ、リビングに移動してテレビを見ながら三人でまったりと過ごしていました。

そこへ珍しく早めに帰宅した夫が飛び込んできて、こう呼びかけたのです。

「これからお父さんが出演したラジオ番組が始まるから、みんなで聴こう！」

意気揚々と呼びかけられても「はぁ？」という感じ。私は唖然として、反論する気も失せてしまいました。

私が風邪を引いて寝込んでいた時のことも忘れられません。

子どもたちの夕飯を頼もうと夫に電話をしたら「いいよ。だったら俺は外で一人で食べて帰るから」と言うのです。

夫の考えは、「俺は風邪を引いた妻にご飯を作らなくてもいいよ、と言える立派な夫だ」だったのでしょう。これには怒る気力も失せました。家族はみんなお父さんに感謝していると信じ切っている、幸せな宇宙人なのだと考えるしかありませんでした。

自己中心的な夫の発想が許せない

笑えないズレもあります。

ある女性は、テレビのチャンネルを勝手に変えてしまう夫に強い怒りを感じてしまうと話していました。ドラマを観ていたら、帰ってきた夫がいきなりスポーツ番組に変えてしまい、まったく関心のない野球解説につきあわされるのがひどく苦痛だというのです。

それればかりか「なんで変えちゃうの？」と訊くと、「なんだ、お前、観てたのか」「メロドラマなんてくだらない」などと言う。そんな言いようはないだろうと、本当に腹が立つのだと。

たかがテレビ番組くらいでそんなに目くじらを立てる必要はないと思うのに、どうしても許せない。自分のことしか考えていない夫の本性を見たようで、見過ごすことができないのだと語っていたのが印象的でした。

自己中心的な夫が許せないという話は珍しくありません。たとえば、何ヵ月も前から家族で約束をしていたことを「仕事だから仕方がないだろう」という一言であたりまえのようにドタキャンされた時。妻も子どもたちも、その日に備えてスケジュールの調整してきたのにという怒りが湧きます。

その怒りの深層は、夫は家族の感情はどうでもいいのだなという裏切られた気持ちに行き着くのです。

夫と自分とでは何を優先するのかが違う。生き方が違う。これでは家族としてやっていけない。家族でいる意味がない。そんな風に根源的な夫とのズレは、深刻な悩みとして妻の心の中で大きな火種となって燻《くすぶ》り続けるのです。

外ではまともな常識人

「うちの夫はアスペルガーなのだと思う」

と真剣な顔で打ち明ける女性がいます。じつはこれも妻同士で話していて、よく聞くフレーズの一つ。

「自己中心的な発言が多い」「自分の考えがすべてだと思い込んでいる」「自分が興味を示すことしかやらない」「人の話を聞かない」「空気を読めない」「洞察力が鈍い」「同時に二つのことをできない」「相手の気持ちを想像できない」「デリ

カシーに欠けることを平気で言う」など、アスペルガー症候群にもある特徴を挙げ、「うちの夫のことではないかと思う」、と語るのですが、それはどうでしょう？

きっと仕事の場面では、相手の気持ちを想像したり、空気を読んだりしているはずで、ご近所の人にもデリカシーのない発言はしないでしょう。つまり、夫は外ではまともな常識人。家庭の中ではコミュニケーション障害者でも、社会の中ではコミュニケーション力を駆使して活動しているのです。

そのことから考察するに、家庭内での夫の「コミュ障」ぶりは家族に対する甘え、妻に対する甘えなのでしょう。

なぜ夫は妻との約束を平気で破るのか？

私の友人の話です。

彼女と同居していた夫の両親は高齢で、そろそろ介護が必要になっていました。一方、彼女は仕事をしながら家事をこなしていましたが、子どもたちは親からどんどん離れていき、悩ましい毎日を送っていたのです。

少しでも手伝ってほしかったのに、夫は子育てにも介護にも無関心でした。

「せめてあなたの親のことくらいは手伝ってほしい」

と告げると、

「わかった」

と口では言います。ところが「毎朝、両親の部屋の雨戸シャッターを開ける」という些細な約束も、二、三回行いはするものの、あとは妻に丸投げ。

でも妻が「やってくださいね」と伝えたことに対して、夫が「わかった」と応えて交わした約束であるなら、それは契約。契約違反をしたなら、妻が怒るのはあたりまえです。

「なぜ人との約束は守るのに、私との約束は破るの？」

と妻が言っても、

「家族なんだからいいじゃないか」

これが、大方の日本男子の本音なのです。

「俺だってちゃんとやってるじゃないか」も、日本の夫たちは必ず口にします。

夫のスタンスは、あくまでも「家事の手伝い」であって、「家事の分担」ではありません。だから「俺は手伝ってやってるじゃないか」と恩に着せている気配がプンプンする。それがまた妻を怒らせるのです。

ゴミ出しをしただけで、食べ終えた食器をキッチンまで運んだだけで、家事をした気分になっている夫がいます。

子どもを保育園に送り届けているというだけで、休日に子どもと一緒に過ごしたというだけで、ものすごく子育てに参加している気分になる夫もいます。

でも妻にしてみれば、たったソレだけだよねと思う。

そのくらいはあたりまえじゃないか、恩に着せられる義理はない。もっとしてくれてもいいくらいだと思うわけです。こっちは24時間体制で365日、子どもの世話をし、しかも主婦業に定年はないのですから。

どこまでも能天気な夫を見て思うこと

50代後半の頃、夫婦喧嘩をして、

「これからは、ウィークデーは仕事場で生活し、週末だけ二人の家に戻ることにします」

と宣言したことがあります。

「子どもが小さい頃、あなたは仕事場に寝泊まりをして、家にはほとんど帰ってこなかったのだから、同じことを今度は私がします」

夫は

「ああ、いいよ。でもなぜ?」

などとのんびりとした口調で訊くので拍子抜けしてしまいましたが、それほど重要なこととは思わなかったのでしょう。

私はその足で、かねてから予定していた友人との旅行にでかけたのですが、驚いたことに、旅先の私のもとに夫から「いつ戻るの？」などという惚《とぼ》けた電話がかかってきたのです。

つまり、私が家を出る宣言をしたことなどマトモに受け取っていなかったということです。人生を振り返ると、私が怒る↓時間が経つとナアナアで元サヤ。この繰り返しだったため、夫にタカをくくられても仕方ない点はあるのですが。

その時私は、夫に悪気はない。だから妻が何に傷つき、苛立っているのかわからないのだと思いました。

「食」に対する恨みは深い!?

専業主婦の友人の多くが、夫に「君は三食昼寝付きで羨ましい」と言われると怒りがマックスに達すると言います。

「夫は外で働いている自分だけが大変だと思っているのよ」と続きます。しかし一方、妻が社会の中で働く夫の大変さをちゃんと理解しているのかといえば、ちょっと怪しい。専業主婦は想像力が足りないなどと言う気は毛頭ありません。他人には、自分の抱える大変さは伝わりにくいものだという話をしたいのです。

かつて私も、自分の切なる訴えがこんなにも「男性一般」には理解してもらえないものなのかと驚いたことがありました。

『そうだ、やっぱり愛なんだ』という本に収録されているエッセイを雑誌に発表した時のことです。

「知人女性と私たち夫婦でイタリアンを食べに行った時のことである」で始まるエッセイに綴ったのは、夫の呆れたエピソードでした。その概要とは、店員さんに「コースにはパンはつきますか？」と尋ねたら、「バケットとフォカッチャがつきます」とのことだった。知人女性は「そんなに食べられないので、パンはいらないです」と言ったのだが、夫は「それなら僕の分のフォカッチャをあげますよ」と彼女に告げ、食事が始まった。私はフォカッチャが大好きなので、バゲットを先に食べ、そろそろフォカッチャを食べようかなと思ったら、私のフォカッチャが消えている。こともあろうに夫は、自分の分をあげると言っておきながら、瞬く間に二個とも平らげてしまい、私の分のフォカッチャを女性に渡していました。私は大人気ないと思いつつ「私のフォカッチャー！」と叫んだ、というもの。

要するに、夫には非常に腹が立った、という話を書いたつもりだったのですが、驚いたのはこの後に、知人の男性に

「微笑ましいです。お互いが何もかも分け合う。夫婦の心温まるエッセイです

ね」

と言われたことです。男性だからと決めつけることはできないにしても、少なくとも女性なら私の本音を理解してくれたことでしょう。

フォカッチャごときで本気になって怒る妻はいないだろうと男は思うのかもしれません。でも私は「ラーメン屋で味噌ラーメンを頼んで食べていた夫に、塩ラーメンも食べてみる？　と私のを一口勧めたら、ちょっと目を離している隙に全部食べちゃったのよ！　あの人はそういう男なのよ！」という話を三十年間言い続けている女性も知っています。

三大欲の一つである「食」に対する姿勢には、その人の本性が現れるというのが彼女の持論ですが、いずれにしても食べ物の恨みは恐ろしいのです。

妻にだけ厳しい理不尽な夫

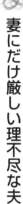

妻に甘える夫も問題ですが、妻に厳しすぎる夫はもっと問題です。

たとえば、我が家は家族麻雀をします。

その時夫は娘がチョンボしても「いいよ、いいよ」と見逃すくせに、私がちょっとでもチョンボをしようものなら、「チョンボ棒を出せ」とやたらに厳しいのです。

編集者を交えて卓を囲んでいる時には、編集者が気を遣って「柴門さん、いいですよ」と言ってくれるのですが、夫は「ダメだ！　ちゃんとチョンボ棒を出せ」としつこく迫るので腹が立ってきます。

古くは、結婚前にスキーに行った時のことです。私はスキー初体験だったのですが、「俺が教えてやるよ」と言うので雪山へ同行し、リフトで山に登りました。

ところが夫はさっさと自分だけ滑って下まで降りてしまい、超初心者の私は「一体、どうしたらいいの？」と立ち往生。「とにかく下まで降りて来いよ」と下から叫ぶ夫の声が聞こえてきましたが、怖くてどうにも動くことができません。

挙句の果てに「勝手にその辺で練習してろ」などと言い出す始末。あの時のつらさから、私は生涯二度とスキーをしていません。

知り合いには、仮免の時に助手席に座った夫から「お前は運転のセンスがない、俺を殺す気か」とガミガミ言われて泣いたという女性や、偉そうに言われるのがムカつくから、夫とはゴルフに行かないと決めているという女性もいます。

夫は妻を怒らせる天才

妻の対人関係や仕事関係での愚痴に対して「それは君が悪い」という反応を示すのも、世の夫たちに多く見られる傾向です。

女は「なんで私に厳しいの？」「なんで私を突き放すの？」と感じてしまいがちですが、男は「役に立つ冷静なアドバイスをしてやっている」と考えているのです。

私も若い頃にボーイフレンドから「それは君のほうが間違っている」と頭ごなしに言われた覚えがありますが、一方的に否定されると不快な感情しか湧かなかったのを覚えています。

また、喧嘩をした時や明らかに向こうが間違っているという時に、「わかった。もうこの話は終わりにしてやる」と上から目線な言い方で切り上げられると女性は腹が立ちます。男は種火のような女の怒りの炎に油を注ぐようなセリフを平気で口にするのです。

それでいて、妻の怒りがマックスに達すると、「女のヒステリーには耐えられない」「女は面倒くさい生き物だ」などと言って黙り込み、終いには逃げ出すのが常。

自分の非を認めない夫への妻の苛立ちは、普遍的なものだという気がします。

夫に話を聴いてほしいと思う時、妻が求めているのはアドバイスではありません。「そうか、それは大変だったな」などという労《ねぎら》いの言葉をかけてくれれば嬉しいのですが、そうでなくてもただ優しい心で、話に耳を傾けてほしいだけなのです。

「夫」を「男」に置き換えてみる

女性の多くが「なぜ、うちの夫は理不尽なことを言うのだろう」「なぜ、うちの夫は、こんなにもデリカシーに欠けているのだろう」と考えています。長い間、私もそんなふうに捉えていました。

でも見栄を張ったり、世間体を気にしたりすることに何の意味も感じなくなった50代の頃から、気の置けない女友達と腹を割って話すようになって気づいたのです。私の夫に対する不満は、みんなに共通していることだったのだと。

以後、「うちの夫は」ではなく、「男というのは」と置き換えて、さまざまな問題を捉えられるようになり、ずいぶんと気持ちが軽くなりました。

まず、男と女は違うのだと割り切り、そのうえで、どうして男はこんなことを言うのだろう？　どうして男はこんな行動に出るのだろう？　と考えてみる。

そして、そうか脳の作りが違うのか、そうか母親に溺愛されて育ったから甘え体質なのか、といった具合に男を理解することは、妻の夫に対する許容範囲をぐっと広げることに繋がります。

私は夫が子どもに関心を示さないことが謎で、夫に変わってほしいと、そればかり求めてきました。でも、夫は夫なりに家族に愛情を抱いていて、家庭観においてだけ、子育ては妻に任せ、経済的なことを父親が担う家庭を理想に掲げていたのかもしれないと、今更ながらに思うのです。

柔軟性を備えれば、しなやかに生きてゆくことができます。

客観性をもって現状を見つめれば、深刻な夫婦関係も、まるで夫婦漫才だなと可笑しく思えてくるのです。

第四章

結婚はやり直しができるの嘘

「覆水盆に返らず」の意味

お見合い結婚か恋愛結婚かの違いが結婚生活にもたらす影響については、先程触れました。確かに結婚に踏み切る時に、恋愛と結婚は別物だという意識を持って結婚生活に臨むことはとても大切なことだと思います。

とはいえ、何十年も連れ添っているうちに、お見合い結婚だったか、恋愛結婚だったかは大した問題ではなくなるのもまた事実。

結婚生活に不満を抱く多くの妻の心にカビのようにはびこっているのは、夫に対する苛立ちという共通した思い。「覆水盆に返らず」という言葉を耳にするにつれ、ため息をついてしまうのです。

「覆水盆に返らず」とは、本来は「一度別れた夫婦は、元の鞘には収まらない」という意味だそうですが、別れていなくても収まりにくいもの。結婚生活という名の器から、こんなにこぼれてしまった水を元に戻すのは無理だろうと、諦めの境地に至るか、いっそ器ごと割ってしまおうかと考えるのか――。

ここが人生の分かれ道だと思いながら、しかしこの器には思い入れがあるのだと、千々に乱れる心を抱えている人もいることでしょう。

同窓会でしくじる女たち

後悔先に立たずともいえるわけで、女同士で夫の悪口を言っていると、結婚前に神様は「本当に彼でいいの？」と考えるきっかけを与えてくれたのに……と、語り始める人もいます。

ある人は、恋愛中に起こったという夫の二股事件を回顧しながら、「あの時、私は恋の勝利に酔いしれていたけれど、本当は、『この男は女癖が悪い。本当に結婚していいのか？』と冷静に考えるべきところだったのよね」と言いながら下唇を噛みしめていました。

家族の反対を押し切って駆け落ちをしたというある女性は、「当時の私は、障害を乗り越えて愛を貫いたと自負していたけれど、なんのことはない。あれは『果たして、親と絶縁してまで一緒になるほどの男だろうか?』と考えるために、運命が与えてくれた最後のチャンスだったのよね」とうな垂れます。

なかなかに説得力のある話ではありますが、そうした人の話が「広い世の中には、もっと自分にふさわしい男性がいたはずなのに」という流れになってくると、それには私は少々批判的な気分になってしまうのです。

古い心のアルバムから、笑顔でピースをしている昔の恋人とのツーショットを持ち出し、「彼と結婚しておけば、私の人生は安泰だった」などと言い出す人もいますが、それは、いかがなものでしょうか。

同窓会で事件を起こすのは大抵こういうタイプの女性。久しぶりに再会した昔の恋人から、

「あの頃、君のことが好きでたまらなかったよ」

などと聞いて、彼も私と同じ心境なのだとときめいてしまうのですが、昔の恋人は「今も君のことが好きだ」とは言ってない。それなのに、その気になって勝手に盛り上がり、追いかけまわした挙句に、痛い女だというレッテルを貼られてしまう。よくある話です。

結婚を後悔しないためのたった一つの方法

久しぶりに再会した昔の男が結婚生活に疲れていて、青春時代の恋愛を懐かしく思っていたことから不倫に発展するケースもあります。

この場合、女は「妻は僕のことを理解してないんだよね」「家には僕の居場所はないんだよね」といった男の言葉にほだされてしまいがちですが、多くの場合、それは男女愛ではなく、母性愛がくすぐられているのでしょう。

「私が手塩にかけて育ててきた愛しい息子が、結婚生活の中で悲しい思いをしているなんて」と考える母親の心理と混同してはいけません。

よくよく考えてみれば、彼にも問題があるから夫婦仲がギクシャクしているわけで、「私なら幸せにしてあげられた」と思い込むのは、あまりにも短絡的。昔の恋愛を思い出し、「あんな時代もあった」と懐かしむのはアリですが、妙なセンチメンタリズムは人を不幸にするだけです。

隣の芝は青く見えるといいますが、昔の恋人が輝いて見えるのは、それが隣の芝だから。誰と結婚しても五十歩百歩。結婚生活の不満が嫌なら、独身を貫く他ないように思います。

でもそうなると、たとえば子どもがいる女性の場合には、独身だったら可愛い我が子には出会えなかったということになる。一方、子どものためにも容易に離婚できないと嘆く女性は、考え方を変えれば、子どもを持てたのだから結婚したことに意味があると思えるはずです。

結婚自体が間違っていたのではないかという思いに駆られると、人生が空しく思えてきます。それだけは回避しなくてはいけません。

結婚前のあの時に踵《きびす》を返すこともできたのに……という後悔は、どれほど積み重ねてもせんない限り。感傷的な気分になってきたぞと思ったら、「本当にそうだろうか？」と切り返す必要があるのです。

「本当に嫌なことばかりだろうか？」「この夫を選んだのは夫にいいところがあったからだ」と考えてみる。この発想の転換こそが、結婚を後悔しないための、たった一つの方法だと思います。

離婚を想定して結婚する人はいない

女同士で話をしている時に、「一体どこから夫婦の歯車が狂い始めてしまったのか？　と考えてみれば、結婚生活を改善するためのヒントが見つかるかもしれない」という流れになったことがありました。

ところが、「どこでボタンを掛け違えてしまったのか?」という問いに対して明確に答えることのできる人は誰一人としていませんでした。ここに結婚生活の恐ろしさがあります。「いつの間にか……」「気づいた時には……」では、気をつけようがないのです。

微妙な心の違和感を感じても、その思いは忙しさの中にたちまち埋没してしまう。

定期健診を受けなくては、人間ドックに行かなくてはと思いながらも日々が流れ、気づいた時には深刻な事態だったというのも病と似ています。

病といえば、私も乳がんを患ったことがありますが、「自分に限っては」というのがいかに根拠のない自信だったかと猛省しました。

結婚にしても、初めから離婚を想定している人はいません。「私たちに限っては」と思えばこそ、結婚に踏み切るのです。世の中には離婚する夫婦が珍しくないと知っていても、たとえ不安要素に気づいていても、「私たちは乗り越えていくことができる」と決意するから結婚するのでしょう。

私たちの世代の女性の結婚適齢期には、「出戻り」「キズモノ」など、離婚をした女性を蔑視するような言葉も色濃く残っていました。だからそれ相応の覚悟を持って結婚へと駒を進められたのかもしれません。

でも実際には、誰がなってもおかしくないように、誰の結婚生活も破綻する可能性を秘めている。定期的に夫婦の関係性を見直し、改善点の早期発見を心掛け、軌道修正を試みる必要があるのに、多くの女性が妻の座に胡坐をかいてしまいます。このことは、結婚生活における大きな盲点だといえそうです。

嫌いなことが一致しているか

そもそも夫選びの決め手となったのは何だったのか?

このことについては、「趣味が合うから相性がいいと思った」と語る人が目立つのですが……。

たとえば、共通の趣味が温泉巡りで、恋愛中はよく一緒に温泉旅行にでかけていたという女友達は、「新婚時代は経済的な余裕がなく、温泉旅行どころではなくなってしまった」と言います。

子どもができてからは、キャンプや海水浴ばかりで温泉旅行からは遠ざかり、子どもがすっかり成長してからは、最早、夫婦で温泉旅行という気分ではない。旅は女同士に限る。夫婦割引きが利くと旅行会社に勧められても、あの亭主とあえてフルムーン旅行に行きたいとは思わない、と続きます。

映画という共通の趣味で意気投合したところから恋愛が始まり、やがて結婚したという女性もいますが、突き詰めていくと、夫はホラー映画が好きで、妻はフランス映画好き。結果、結婚後に一緒に映画鑑賞をすることは激減してしまったとか。つまり、恋愛前の共通の趣味なんて、ほとんど意味をなさないというわけなのです。

もちろん共通の趣味によって結ばれている夫婦もいます。でも二人の好きなことが一致しているという点にだけ着目して「相性がいい」と考えるのは危険かもしれません。

なぜなら、結婚生活においては、好みの一致より、嫌いなことが一致しているかどうかのほうが大切だからです。

趣味に限らず、たとえば妻が綺麗好きであった場合には、夫は綺麗好きとまでは言わなくとも少なくともだらしのない部屋に暮らすのは嫌だと、嫌なことが一致していれば共同生活は成り立ちます。金銭感覚にしても、何にお金を使うのかは違っていても、無駄遣いはしたくないという点が一致していれば、一緒に暮らせないと悩むほどのストレスを抱えるまでには至らないのではないでしょうか。

いずれにしても、「シマッタ！　相性の良し悪しの見解を誤ってしまった」と悔いたところで時すでに遅し。

「何十年も暮らしてみてハッキリとわかったの。夫とは相性が良くないってことが」と、自嘲気味に笑うことしかできないのです。

夫婦喧嘩はコミュニケーション

男性が「うちの女房はうるさくなくていい」と妻の話をするのを聞いて、私は男性のタイプによって二つのことを思い浮かべます。

その男性が気配りの利くタイプであれば、素直に「素敵な奥さんなのだな」と思いますが、その男性が空気の読めないタイプである場合には、「もしかしたら夫婦仲は末期状態を迎えているのでは?」と感じるのです。

後者の場合、夫は夫婦関係が末期的であることに気づいていないわけですが、妻の心は大きなマグマを抱え込み、幾度も爆発寸前の状態を迎えながらもなんとか持ちこたえている状態。もしくは冷えたマグマが固まって岩石と化している状態であることが考えられます。つまり、無関心。

妻にうるさく言われているうちが花だということもあるのです。

自分の感情に任せてヒステリックになっている女性は別として、小さな摩擦も見過ごさずに冷静に話し合おうと提案する妻には、まだ夫に対する愛情があるのだともいえます。

その状況なら、妻は夫に苛立ちを抱きながらも、できれば寄り添い合って生きていきたいと望んでいると考えられます。その思いはきっと夫に通じるという希望を抱いているからこそ、うるさく言うのです。

逆説的にいえば、うるさく言われなくなったら終わり。

夫を見限った妻は、こんな人のことはどうでもいいと思っているか、結婚は就職と同じでお金さえもらえればいいのだと割り切っているか、はたまた時間稼ぎをしながら虎視眈々《こしたんたん》と離婚の準備を進めているか……。

夫婦喧嘩も同じ。「夫婦喧嘩はしない」と言う人がいても、必ずしも仲のいい夫婦であるとは限りません。よくよく聞いてみると、「だって口をきいていないんだもの。顔も合わせないようにしているから」というケースがあります。

夫婦喧嘩も一種のコミュニケーションなのです。

知り合いに人前で大喧嘩を始める夫婦がいます。初めて派手な夫婦喧嘩を目撃した時はハラハラしました。ところが30年を経た今も、二人は相変わらず激しい口喧嘩を繰り広げています。いつしか私は、この夫婦は別れないと確信するようになりました。

配偶者との死別は誰にとっても悲しいものですが、ぽっかりと心に穴が開いてしまったようだと、より深い悲しみに包まれるのは、夫の生前には口喧嘩ばかりしていた妻だという気がするのです。

そんな夫に誰がしたのか?

「夫は家事や育児に協力してくれない」と嘆いていた私ですが、ある時期から、「それを良しとしてしまったのは自分だ」と考えるようになりました。

「夫に特別なストレスを感じない」と話す女性の結婚生活には共通項があると気づいたのです。それは夫婦のルールがきちんと定められているということ。

新婚時代に互いの結婚観や家族観をさらけ出し、シャッフルして、自分たち夫婦の価値観というものを構築している夫婦は、我が家は我が家のスタイルでと割り切っているので風通しがよいのです。

大まかな方向性だけではなく、料理は妻、後片付けは夫、休日は一緒に買い出しに行くなど、具体的且つ細かくルールを取り決め、習慣化させておくことが大切なのだと思います。

ただし、「結婚当初に役割分担をしておけばよかった」と思うのは今だから言えることなのです。私たち世代の女性たちの中には、「男を台所に立たせるなんて」といった父権主義の名残りがあって、私にも、家事や育児を夫に手伝わせることに対する抵抗が多少ありました。

結果、自分でやってしまう。妻がやってくれるならと夫が楽なほうへと流れるのも当然で、このあたりは夫ばかりを責めるわけにもいかないなと思う次第です。

それにしたって、「なぜ、妻の機嫌が悪いのか？」と考え、少しは協力的になってくれてもよさそうなものなのにと思うわけですが、これは無駄な考えです。多くの夫は妻が不満を口にしない限りは、「妻は結婚生活に満足している」と捉えています。妻に「口にはしないけれど、我慢している期間」があることに発想が至らないのです。

たとえ、我慢していると気づいても、「下手に手出しをして混ぜ返すより、全く手を出さないほうがいいだろうと思った」などと、物凄く自分に都合のいい論理を組み立てている夫も少なくありません。

戦後七十年経っても、多くの夫の中には「男は山で芝刈り、女は川で洗濯」という役割分担の基軸が居座っています。

現代では働く主婦が増え、「男は山で芝刈り、女は川で洗濯もするけど、山で芝刈りもする」というのが現実なのに、そこは見て見ぬふり。しかし闇雲に不満を募らせていても埒があきません。言いたいことがあれば、はっきりと言葉にして伝えなくてはいけないのです。

とはいえ、妻が大病を患うなどのアクシデントでもない限り、これまで何十年も家事に参加しようという気さえなかった夫が協力的になってくれるとは考えづらい。

このストレスを手放すためには、「こんな夫にしたのは自分なのだから諦めろ」と、自分で自分に言い聞かせつつ、してしまったことの落とし前をつける覚悟を決めること。諦めることも、時には大切な決断なのです。

とにかくにも最初が肝心

男はよほどのことがなければ、自分が改善しなくてはダメだという発想には至りません。

これは私がまだ幼い頃の話ですが、どういう流れだったか、父が「家族でスキーに行こうじゃないか」と言い出して、私はそれはそれは楽しみにしていました。ところが直前になって、「仕事で行けなくなった」といとも簡単に告げられてしまったのです。

その時、私は大泣きしました。泣きながら「どうしてこんなに涙が出るのだろう？」と思ったぐらいです。そのことを今でも鮮明に覚えているほどヒステリックに号泣したのですが、その私の姿を見て、父はビックリしたのでしょう。「いい父親じゃなかったな」と言ったのです。以来、父は家族旅行に関して、有言実行の人となりました。

男にはショック療法が効果的だという話をしたかったのですが、この荒療治が通用するのは新婚時代だけかもしれません。中高年になってこれまで堪えてきた感情を今更ぶつけたところで、更年期障害による不定愁訴の一種か？　と疎んじられるのがオチ。やはり物事は何でも最初が肝心なのです。

結婚当初に夫婦のルールを定めていなかった私たち夫婦でしたが、期せずして派生し、定着したライフスタイルならあります。

子どもがお弁当を持って通学していた頃のことです。私が作り置きをしておいたお弁当のオカズを、夜のうちに冷蔵庫を開けて、夫が食べてしまったのです。

翌朝私は、

「あれはお弁当のオカズだったの!!」

と、凄い剣幕で怒りました。以来、夫が冷蔵庫のオカズを勝手に食べることはなくなりました。

夫の激しい口調に悩む妻も多いようですが、これも最初が肝心。私は犬を育ててみて、つくづくと躾けの大切さを思い知ったのです。

愛犬のリンコはコーギーですが、コーギーは元来、牛を追っかけて牧場を走り回る犬種。ドッグトレーナーから「気性の荒いDNAを受け継いでいるコーギーは、野生の部分を目覚めさせないように育てることが大切なのです」とアドバイスを受けました。

リンコが気立てのいい子に育ったのは、仔犬の頃から「リンちゃん、ガウガウはノーノー。それは本当のリンちゃんじゃないのよ」と言い聞かせてきたからなのだという確信があります。

ゆえに、怒鳴る夫やキレる夫に対しても、最初の段階で「ガウガウはダメ。本当のあなたは優しくて穏やかな人であるはず」とインプットしておくと、多少効果があるのではないかと思うのです。

結婚生活の破綻を招く妻の十一の言動

世の中に流布している「結婚生活を立て直すためのＨＯＷ ＴＯ本」は役に立つようで今一つ実用性に欠けているように思います。

それはきっと、夫婦の抱える問題が多種多様だからなのです。夫婦それぞれの性格や生活環境によって、アドバイスもケースバイケースであるべきですが、十把ひとからげにした指南は、とかく綺麗ごとになってしまいがち。「それができたら苦労はしない」という内容に陥る傾向が強いのはそのためでしょう。

私にしても自分の結婚生活、夫婦関係のことしかわかりません。万人に向けて「こうすればうまくいく」などと語ることはできないのです。でも、夫に不満を持つ友人たちとのお喋りを通して「こうした妻の言動は確実に結婚生活の危機を招く」と断言することならできそうです。

一、夫を小バカにした口調で話す

妻が話を聞いていない夫に対して呆れ果ててしまう気持ちはよくわかります。だからといって、「何度も言ってるよね？」などと言っては逆効果。夫は妻の話に耳を傾けようと考える以前に、妻の言葉に反発心を抱き、心を閉ざしてしまうのです。

同様に、とんちんかんなことを言い出す夫に対して、「はぁ？」と訊き返したり、「だーかーら」と諭し始めると、夫はとたんに不機嫌になります。

男はプライドが高いということを忘れてはいけないのです。

二、舌打ちをする

「チッと舌打ちをされた瞬間に離婚しようと思った」

これは離婚経験のある知人男性が言っていた言葉です。この話を聞きながら私は、たとえば彼は「服は脱ぎっぱなしにしないでね」といったことを幾度も忠告されていたのにもかかわらず、性懲りもなく繰り返していたのだな、と思いました。妻にしてみたら、「家事や子育てに協力してくれとまでは望まない、せめて自分のことくらいはやってほしい」と、イライラするのです。

「言いたいことがあるなら言えよ」という気分になったというその男性の意見を聞いて、奥さんはずっと言っていたのでは？　とも思いましたが、「舌打ちは下品過ぎて耐えられない」という言い分は、一理あるでしょう。

三、夫の話を全否定する

「そもそも夫は人の話は聞いていない、そのくせ妻にはわかったようなことを偉そうに言うのだ」などと常日頃から不満を募らせていると、知らず知らずのうちに「そのうちいつかギャフンと言わせてやろう」と復讐心を募らせてしまいがちです。

そうした状況下で、夫が言い出した的外れな話に対して、つい「でもね」「っていうか」「変なこと言わないでよ」と全否定してしまうのは非常にありがちな話ですが、これでは会話が続きません。

もっと悪いことに、夫が「妻と話しても無駄だ」と考えるようになってしまいます。会話のない夫婦＝夫婦の危機なのです。

夫婦関係を改善するためのHOW TO本には「『それも一理あるわね』『なるほどね』と会話を繋げ、夫をいい気分にさせるよう心掛けましょう」などと書かれているものもありますが、それは机上の空論というもの。何が悲しくて夫をヨイショしなくちゃいけないの？　と考える妻もいることでしょう。

でもイエスでもノーでもなく、一応最後まで夫の話を聞いてから、「私はこう考えているのだけれど」と切り出すことならできそうです。

四、夫を追い詰める

心理的に女は長距離ランナー、男は短距離ランナー。女は徹底的に突き詰めたい脳、男は逃避したい脳だと何かの本で読んだことがあります。女は言語能力にも長けているので、自分の主張を理路整然と話すことができますが、男はストレスを感じると頭が真っ白になってしまうそうです。

こうした男女の違いを把握せずに女が自分の感覚だけで会話を進めようとすると、夫は逃げ腰だ↓逃げるなんて狡い↓そうはさせるものかと、ますます夫を追い詰め、関係が悪化してしまいます。

男のメカニズムを逆手にとり、口論の緊張関係が高まってきたら、煮え切らない夫を追い詰めるのではなく、一度冷却期間を設ける。この切り返しが夫婦の妥協点を探り、問題を解決するための秘訣ではないでしょうか。

五、夫を怖がらせる

ある時、知人男性が「妻が怖い」と言うので、「奥さんは言葉が荒いの？　それとも暴力的なの？」と尋ねたところ、「そうではない」と。一つには、ヒステリックなので疲れる、もう一つには恐ろしくしつこいと言うのです。だから家に帰るのが怖い、だから下手なことは言えない、だから誤解を招きそうなことは、あえて隠すのだと続きます。

女性はストレスを感じると饒舌になるという説があるそうですが、これもまた夫が妻との会話を疎ましく感じる要因になっているのでしょう。

いずれにしても、夫が妻に何も伝えなくなる、隠すようになるというのは、夫婦関係における深刻な問題です。

まずは何でもオープンに語り合える環境を確保しておかなくてはいけません。夫婦が共有すべき問題をアンダーグラウンド化させては溝が深まるばかりです。夫と話し合いをする時は、つとめて冷静に、そして自分の考えはコンパクトにまとめて伝えたほうが良さそうです。

女性はつい、良い機会だからアレもコレも伝えておこうと考えてしまいがちですが、次々と飛んでくる球を巧みにキャッチできるのは女だけ。男は同時には無理と、結局のところ、一球もキャッチせずに蹲ってしまうのです。

六、喧嘩の最中に泣く

赤ちゃんはお腹が減ると泣きます。子どもは転んで痛いと泣きます。多感な思春期には、人のちょっとした言葉に傷ついて泣き、壮年期には悔し涙も流したけれど、私の場合、45歳からといわれる中年期以降は泣く機会がめっきり減りました。

今となっては、動物番組やオリンピック中継を観て思わず涙が頬を伝っていたという以外、泣くことはありません。

昔は大切な人が死んでしまって号泣したこともあったけれど今は泣かない、など言えば冷血なようですが、これは身近な「死」に慣れてしまったからなのだと思います。

涙腺が緩むのは老化現象の一種だとしても、人は精神的な成長とともに泣かなくなる。少なくとも、自分の思い通りにいかない、関心を集めたいという理由から人前で声を上げて泣くなどということはしなくなるのです。

ところが夫婦喧嘩の最中に泣く妻は、熟年層の中にも案外いると聞きます。知人男性曰く、「第一、オバサンの涙は可愛くも、美しくもない」。それは言い過ぎだろうと思いましたが、そういえば桑田佳祐も『C調言葉にご用心』の中で「女の泣いた顔に醒めてく」と歌っています。鬱陶しいと夫から思われたら妻の負けなのだな、と改めて思いました。

七、端から夫を疑ってかかる

知り合いに「痛くもない腹を探られたから浮気をした」と話す男性がいます。ある時、妻が「あなたは浮気をしているよね？　これは女の勘だ」と言い出したそうです。いきなり切り出された男性は本当に潔白だったのに、その後も妻は、「誰と会いに行くの？」「どうしてこんなに帰宅が遅いの？」と絡んできたと。

困った展開になったと頭を悩ませていたところまではいいのですが、なんと男性は、そのタイミングで目の前に現れた女性と「してもしなくても疑われるなら、浮気してもいいだろう」と考えて不倫に走ったというのです。

随分と勝手な理屈じゃないかと驚きましたが、信じてもらえていないという気持ちから逆切れ暴走する心理はわからなくもありません。

浮気に限らず、端から夫は理解してくれないなどと相手を疑ってかかると、伝わるはずの気持ちも伝わらなくなるといえそうです。

八、嫉妬を丸出しにする

嫉妬心は男女間のスパイス、互いの愛を確認するためのバロメーターともいえる感情ですが、それにも限度があるのではないでしょうか。

「浮気をされた妻が嫉妬に狂う」などと、妻を揶揄《やゆ》した言い方をよくされますが、そもそも嫉妬というのは、本来自分が手にするはずのものを他者が奪ったと感じた時に芽生える感情。妻が夫の浮気相手に嫉妬心を募らせるのは当然なのです。

とはいえ嫉妬心に支配されてしまっては、夫と話し合いをする際の焦点がズレてしまいます。相手の女性はどうでもいい。問題は夫の気持ちだとテーマを定めなくては感情論になってしまうことでしょう。

相手の女性を口汚く罵ることに何の意味もありません。それればかりか、自分の価値を下げることに繋がってしまうと思います。

九、夫のせいにする

男は頼りにされると「よし、俺に任せろ」と正義感や使命感が湧いてくるといいます。妻から「〇〇してよ！」と命令口調で言われるとやる気が失せるが、「〇〇してくれると助かるからよろしく」とお願い口調で言われれば、素直に従う気になることができるわけです。

私にこの男性心理のメカニズムを話してくれた男性がある時、「それだけに『あなたのせいで』と妻から言われるのが一番嫌なんです」と語っていたことが深く心に刻まれています。

「あなたが仕事を辞めろと言ったから専業主婦になったのに」「あなたのためを

思ってお義母さんの介護を引き受けたのに」と妻からの不満不平を聞くたびに、「あなたのせいで私は不幸になった」と責められているようでキツいということでした。

要するに妻は、「一緒に真剣に考えて欲しい」と訴えているわけですが、そうであるならストレートに伝えるべきだということなのでしょう。

子どもに対して「あなたがいるからお母さんは離婚しないで我慢しているのよ」などと言う母親もいるようですが、それは世間体や経済力の問題から離婚する勇気のない自分を正当化しようとしているだけ。子どもを愛する気持ちに嘘はないのに、結局のところ子どもに「お母さんは自分のことが一番大切なのだ」という印象を与えてしまうのは残念ですよね。

言葉の使い方に気をつけなくてはいけないなと、つくづく思いました。

十、タイミングを計らない

「夫に訴えたいことが山ほどあったから、今日こそは言ってやろうと手ぐすねを引いて帰りを待っていたのよ」

と話し始めたのは、久しぶりに会った同年代の女友達でした。

威勢がいい口調だったので、彼女は夫に勝ったのだろうと思ったのですが、たちまち顔を曇らせ、「馬の耳に念仏って、ああいうことを言うのね」とポツリとこぼしました。

彼女の分析によれば敗因は二つ。まず話すタイミングが悪かったと言います。

「ただでさえ男は話を聞くのが苦手なのに。それに電話をする時にも『今、話して大丈夫？』と聞くのがマナーよね。これからは『重要な話をしますから』という予告をしてから切り出すようにしなくちゃと反省したわ」

次に彼女が挙げたのは、いきなりネガティブな話を切り出してしまったということでした。

「『お疲れさま』もなしに、『あなたは何を考えてるの？』と嚙みついちゃったのよ。あれは作戦ミスだった」

反省点を見出し、作戦を立て直そうと考える彼女の聡明さに感嘆しましたが、誰もが客観的に敗因について分析できるわけではありません。

ストレスが頂点に達した妻は感情的になり暴走してしまいがちなのです。ところが夫には妻の感情的な振る舞いが理解できず、面倒臭いからと右から左へと話を流すか、さもなければ「女はこれだから嫌なんだ」と妻を見下す発言をするか。そして多くの場合、この夫の対応が妻の怒りをさらに煽ってしまうのです。こうなったら、本来の争点から離れ、大喧嘩へとまっしぐら。

俯瞰《ふかん》して眺めてみればあたりまえに思える展開も、渦中にいると見えづらいものなのです。

十一、比較して話す

女同士で話していると「この人は遠回しに言ってるけれど、つまり言いたいのはこういうことだな」と察することがあります。ズバリと言えば角が立つ、けれど言いたいことは伝えるというコミュニケーションが成立しているのです。

ところが男には、持って回った言い方は通用しません。キャバクラ嬢から届く美辞麗句だらけのメールを真に受けて、いそいそと店に通うことからもわかるように、男は単細胞。それは社交辞令でしょう？　それって皮肉を言われていると思うんだけど、と女から見れば滑稽なほど「ご都合主義」な解釈をしているのです。

夫に対して持って回った言い方をして、「こりゃダメだ」と痛感した経験が私にもあります。

まだ子どもたちが小学生だった頃のこと。その日、私が「○○ちゃんのパパは、会社から帰ってきたら必ずキャッチボールをするんだって。△△ちゃんの家では、休日の夕飯はパパが腕を振るうのですって」と、何気なさを装って夫に話したのは、もちろん夫に伝えたいことがあったからです。「あなたも子育てに参加してほしい」という思いを胸に、「他の父親がそうなら、自分もやらなくてはいけないな」という夫の言葉を期待してのことでした。

ところが夫から返ってきたのは、「暇な男がいるんだな」という驚愕の一言でした。

しかも、後に夫が雑誌のエッセイに、「仕事のできる男は家事も子育てもしない」と書いているのを知って納得したという次第です。

この話を知人女性にしたところ、彼女から「そもそも男は、比較されると意固地になるのよ。だから他者と比較してはダメ、それから昔と比較するのもダメよ」と言われました。

ある時、彼女が投げかけた「昔のあなたはもっと優しかった」という言葉に、夫が過剰に反応したというのです。

「普段は比較的穏やかな人なのだけれど、自棄《やけ》に興奮しちゃって。『君だって昔はあんなにスリムだったのにと言われたくはないだろう？』なんて言うものだから、そこから大喧嘩よ」

売り言葉に買い言葉とはこのこと。どうやら比較論は、踏んではいけない男の地雷だといえそうです。

第五章

老後は夫婦の絆が深まるの嘘

結婚生活の見直しは終活の一環

周知のように、日本では仲睦まじい夫婦のことを「オシドリ夫婦」と呼びます。オシドリの夫婦は常にぴったりと寄り添っているという生態から生まれた言葉だと認識していましたが、それだけではないようです。

オシドリの雄は繁殖期に美しい羽根を備えますが、雌の羽は灰褐色のまだら模様で地味。しかも移動する時には雌が雄の少し後ろに寄り添う。こうした様子から妻が夫を立てる、支えるという理想的な夫婦のありようの比喩として用いられるようになったとする説もあります。

これは「妻は夫の三歩うしろを歩く」が美徳とされていた時代の名残りです。江戸時代には、人前で男女が一緒に歩くのは悪であるという儒教の教えが浸透していたそうですから、「妻は夫の三歩うしろを歩く」という認識が生まれたのは明治時代でしょうか。

夫が前を歩くのは、何か起こった時に夫が妻を守るためだという解釈もあるようですが、どうも怪しい。

女性は男性に遜《へりくだ》るものだという男尊女卑の匂いがプンプンします。つまり、オシドリ夫婦は、妻にとっては理想的ではないと私は思うわけです。

しかも、オシドリは毎年パートナーを変えるというではありませんか！　一生寄り添う鳥類としては鶴やペンギンなどが挙げられます。雄も子育てに参加するのだとか。

「オシドリ夫婦」はもはや死語と言えるでしょう。一生寄り添うことが幸せなのかどうかという問題を、もう一度考えてみましょう。

たとえば鶴は、「鶴は千年、亀は万年」という言葉もあるくらいで、長寿の象徴とされる生き物ですが、実際には野生の鶴の寿命は30年程度だとか。30年くらいなら、なんとか耐えられるかもと思うのは私だけでしょうか？

私たち夫婦は結婚してもうすぐ40年を迎えます。30年は瞬く間に過ぎていきました。

還暦を迎えても現代人はまだまだ若々しい。精神的にも経済的にも健康的にも安定した50代、60代が人生で最も充実しているという人も大勢います。ところが、再び訪れた夫婦二人きりの生活が楽しいという話は、残念ながら稀有です。

夫がサラリーマンである場合には、定年退職をした夫と一緒に過ごす時間が格段に増えるという変化に戸惑う妻もいます。「死が二人を分かち合うまでの時間があまりにも長すぎる」と嘆く人も珍しくないのです。還暦前後のタイミングで、もう一度人生を見つめ直してみようと考えるのは、終活の一環といえるでしょう。

「卒婚」は中途半端な選択肢

マンネリ化した熟年以降の結婚生活に、束縛という試練が加わるとするなら、心の安住のための工夫が必要……それは誰もが思うところ。

近年になって「卒婚」という言葉を耳にするようになりました。

夫婦円満でない場合、これまでは仮面夫婦を続けていくか、離婚するかという二者択一でしたが、ここへきて、結婚という形を保ちつつ夫婦が互いに干渉せずに人生を自由に歩いていくという定義の、「卒婚」というライフスタイルが注目を浴びているのです。

夫婦が共に「卒婚」というスタイルを選ぶのであれば、他人がとやかくいう必要はありません。

ただし現実的に考えてみると、夫婦が別々に暮らすとなれば、単純に計算して二倍のお金がかかります。「卒婚」は富裕層の発想だといえそうですが、気になるのは、お金では解決することのできない心の問題を先送りにしてよいものか？という点。

また「卒婚」は、夫婦がお互いを思いやっていることが条件ですが、嫌いでないなら一緒に暮らすこともできるのではないか？　もしも世間体を気にして離婚できないのであれば、それこそ人目など気にせずに自由に生きていったらよいのではないか？　と矛盾を感じます。

どちらかに介護が必要になった時にはどうするのか？　どちらかに好きな人ができた場合にはどうするのか？　といった問題もあるでしょう。

どちらかに介護が必要になるまで、どちらかに好きな人ができるまでというのでは、なにやら中途半端な気がしてしまいます。

「離れて暮らしていても、困った時には助け合う」などというのは幻想に近いのではないでしょうか。今さえ良ければいいという発想は、都合が良すぎるような気がします。

やんわり家庭内別居のススメ

「卒婚」に飛びつくのはいかがなものか？　といっても、いっそのこと離婚してしまったほうがいいとも言いきれません。離婚により苗字が変わる際に、すべき面倒な手続きが多すぎるのです。苗字が変わるというのは大変なことで、パスポートや運転免許証、銀行口座の名義やクレジットカードの名義を旧姓に変更しなければなりません。

また、子どもがいる場合にはお墓の問題もあります。父親のお墓と母親のお墓の両方を気にかけて、面倒を見ていかなくてはいけない子どもたちの大変さを思うと、「自分が死んだ後のことなんか知らない」と言いきることができません。

こうしたことについて世の中の人はどう考えているのだろう？　と思っていたところ、興味深いテレビ番組が放映されていました。

「六十代で家の建て替えをする夫婦が急増している」というナレーションを聴いて、「へぇ～、そんな家のコマーシャルに出てくるような夫婦が本当にいるのか」と驚いていたのですが、建て替えの目的は、夫婦それぞれの完全個室を備えることでした。

モデルケースとして紹介されていたのは、子どもたちと暮らした二階建ての家を潰して、同じ土地に平屋建ての家を新築したというご夫婦。平屋建てにしたのは、足が弱り、二階に上がるのが大変になってくるからでしょう。

平米数は減っても、子どもが巣立っているため、子ども部屋も広いリビングや広いダイニングルームもいりません。それぞれに小さなキッチンとトイレの完備されたコンパクトな個室が二つあればいいという発想です。

つまり、「やんわり家庭内別居」といえるわけで、なんとなく繋がっているという「卒婚」とは違い、互いに互いの介護をしよう、再婚は考えないという覚悟を感じます。

つかず離れずの「やんわり家庭内別居」なら、無理なく暮らすことができるという夫婦が多いのではないでしょうか。そばに近寄られると身の毛がよだつレベルにまで嫌いになってしまったら、年齢に関係なくとっとと離婚したほうが得策ですが。

愛妻家に戻ってお茶を濁す老後の夫

若い頃から知っている同世代の男性の中には、さんざん浮気をして女房を泣かせてきたという人も珍しくありません。ところが、そうした人たちに久しぶりに再会してみると、いつの間にか愛妻家になっていることが珍しくないのです。

先日も、昔は「浮気は男の甲斐性のうちだ」などと豪語していた男性が、「妻が、妻が」と言っていて、人はこんなに変われるものなのか！　と驚いてしまいました。

この話を女友達に持ち掛けたところ、彼女曰く「恋愛は一人ではできないからね」。

つまり、そういう男は、歳をとって女に相手にされなくなっただけなのだと。

そのことを認めたくないという一心で、愛妻家にシフトチェンジし、お茶を濁しているのだというのです。なるほど、プライドの高い男の考えそうなことだと思い至りました。

さんざん好き勝手なことをしてきた男が、女房に看取られて死ぬつもりでいることに呆れますが、現実には妻が裏切り夫を受け入れるケースが多いようです。

女の意地なのか、それが女心というものなのか、人間愛なのかは定かではありませんが、愛人宅で倒れた夫を妻が引き取り、介護をして、きちんと見送ったという話も聞きます。

「終わりよければすべてよし」と心に折り合いをつけるのも、一つの生き方かもしれません。とはいえ、二〇一四年には、七十代の妻が三十六年前の女性問題を理由に、同じく七十代の夫を棒で殴るなどして殺害したという事件もありました。

いかなる理由があろうとも殺人はいけませんが、ずっと堪えてこの夫と添い遂げようと気持ちを持ち直したところへ、夫から昔の浮気自慢を聞かされたりすれば、妻が逆上するのも無理はないと、加害者である妻に同情を寄せるのは私だけではないと思います。

夫婦の節目を見逃さないことが大切

浮気問題に限らず、会話がなかった、夫が家庭的でなかったなど、それまで抱えていた問題点を引きずりながら、熟年以降の夫婦生活を迎えるのは危険かもしれません。

どこかのタイミングで、お互いが「改めて二人でやっていこう」という意思表明をし、過去は過去だと心のわだかまりを溶かす機会を設ける必要があるように思います。

我が家では、夫が「俺は自分の介護は、金を出して他人にやってもらうから」などと言い出したことがありました。喧嘩の最中に飛び出した言葉だとはいえ、私はびっくりしました。

そこで、私は「介護施設で入居者が介護士に屋上から放り投げられた事件があったよね」「情報番組で見たんだけど、介護施設では深爪をされたり、おむつを替えてもらえずに放置されたりする老人もいるらしいよ」と矢継ぎ早に伝えましたが、その後夫が「男は最後は妻の元へ帰るしかないのだ」と語ってたよと友人から聞かされ、「そうか、喧嘩の時は売り言葉に買い言葉だったのか」と私は知ったのです。

たまたま私は本音を知ることができましたが、多くの場合、夫が何を考えているのかわからないまま熟年以降の結婚生活を続けていくことになるのではないでしょうか。

夫の定年退職祝いは、「お疲れ様でした」と伝えるのと共に、「互いの気分を一新してやっていこう」という決意表明をする絶好のチャンスです。

夫婦の新たなスタートを意味する、大きな節目を逃してはいけないのです。

「夫源病」に悩む妻たち

女性誌で「夫源病」という言葉を知りました。

昔から、定年退職後、四六時中家にいる夫に強いストレスを感じる妻はいたでしょう。ところが当時は、めまい、頭痛、耳鳴り、のぼせ、動悸や息切れ、呼吸困難、不眠、倦怠感といった症状を抱えて精神科に駆け込んでも、更年期障害による不定愁訴であると片づけられていたのです。

とはいえ「夫源病」も医学用語ではなく、熟年世代の女性患者に「夫といる時に限って具合が悪くなる」という共通項があると気づいた精神科医によって命名され、たちまち流布した造語なのだとか。不調の原因がわかれば改善策が見えてくるということで、多くの妻たちが「夫源病」に関心を示したのでしょう。

うちの夫はサラリーマンではないため、定年退職がありません。つまり夫婦のライフスタイルが劇的に変わることはないのですが、サラリーマンの妻は、夫が定年退職を迎えた翌日から、それまでの生活が一変してしまい、衝撃を受けるようです。

家族のために頑張って働いてきたと誇らしく思ってる夫は、自分には定年後はゆったりと隠居生活を楽しむ権利があると信じて疑わない。これまで妻を自由にさせてやってきたのだから、もう充分だろう。これからは家にいる自分のことに専念してもらいたいと、口には出さなくても思っているのです。

専業主婦である友人は、

「夫に対して、自分だけが大変な思いをしながら生きてきたと思ったら大間違いだと言いたいわ。夫が定年退職なら、妻にも定年退職があってよさそうなものじゃない？　これからが君の出番だと期待されても困るのよね」

とストレスを募らせています。

「どこへ行くんだ？」「誰と会うんだ？」「何時に帰るんだ？」「俺のメシは？」

と夫から言われるたびにムカムカする。一階から「おーい」と呼ぶ夫の声に、何が起きたのかと急いで二階から駆けつけたところ、ソファーに寝そべる夫から「そこにあるリモコンを取ってくれ」と言われてキレたこともあるのだとか。

夫の顔を見るたびに、夫の声を聞くたびに、反射的に身構えてしまう。夫が出かけてくれるとホッとする。サラリーマン時代の習慣で早朝に起床し、朝食はまだかといわんばかりに幾度も寝室を覗きにくる夫にうんざりし、永遠に目覚めずにいてくれたらどんなにいいかと思うこともあるというのですから、ただ事ではありません。

友達のいない夫たち

もっとも嫌なのは「俺も一緒に行く」という夫のセリフだと嘆く友人もいます。

彼女の分析によれば、夫に友達がいないことが要因。幼馴染みもいれば、仕事を通じて知り合った友達もいるだろうと思いきや、仕事仕事で同窓会に行けずじまい、仕事を通じて知り合ったのは友達ではなくライバルばかりだというのです。結果、故郷の友人たちとは疎遠になり、勤め人時代の知り合いとは退職してまで会いたいとは思わない。同窓会の案内状は途絶え、現役中には何百枚も届いていた年賀状も激減し、こうして夫は孤独になったとのことでした。

「時間だけは腐るほどあるのに、会いたい人も、会いたいと思ってくれる人もいないの。だからといって私が友人と会うのに付いて来たいと言われても、正直なところ、ウザいのよ。だって、友人と会うことは私の息抜きなんだもの」

定年退職をした夫にとって、妻は唯一の旧友であり、無二の親友でもあるというわけです。

「真面目な夫も考えものだ」と語る女性もいます。

「うちの夫は真面目なのよ。昔から飲む・打つ・買うの一切をしない。仕事熱心で毎朝定刻通りに出かけ、仕事に支障をきたすからと夜のつきあいも早めに切り上げて帰宅していたわ。子煩悩だったから、休日は子どもの学校行事にも進んで出かけてくれたし、家族旅行の計画を立ててもくれた」

と、ここまではパーフェクトなのですが、定年後に大きな落とし穴が待ち構えていたのだと言います。

「夫には趣味がないのよ。厄介よ〜、一人遊びのできない夫って」

妻も言いたい放題だなと思わなくもありませんが、要するに、関係が変わって夫の見方が変わり、戸惑っているということなのでしょう。

そうした妻たちは、口をそろえて、「私が子育てと並行して、夫も自立できるよう育てなくてはいけなかったのだ」と結論づけます。

確かに、自分の食事のことくらいはできる夫でなければ、妻は束縛される一方。離婚せずにストレスから逃れるための秘策である「やんわり家庭内別居」も成立しないのです。

年を重ねれば人間ができてくる!?

一頃、キレる老人が急増していると話題になっていました。

ことの発端は、小学生にたばこのポイ捨てを注意された老人が、小学生の首を絞めたという事件だったように記憶しています。事件を起こした老人は極端な例だとしても、そもそも年を重ねれば人間ができてくるなどというのは嘘なのです。

老人がキレやすくなるのは脳の老化によるものなのだとか。難しいことはわかりませんが、若い頃には機能していた理性という名の筋肉が、老いると緩んでくるのではないかと私は推測しています。

最近、私は掃除ばかりしているのですが、汚い部屋にいることに対する我慢が利かなくなっているのを感じます。以前は汚れた部屋が気になっても、仕事を片付けてから掃除すればいいのよと思っていましたが、今はとにかく自分の快適さを最優先します。

できるはずのことができなくなった自分に対する苛立ち、「鍵がない！」「眼鏡がない！」と大騒ぎしたり、「あれ？　この部屋に何をしにきたんだっけ？」と途方にくれたり……。

「絶対にこの引き出しに入れておいたのに」と思っていた財布が、冷蔵庫から出てきたという同年代の女性や、「すっかり十四時だと思い込んでいたものだから」と言いながら一時間も遅れて約束の場所に現れた人もいましたが、思い込みの激しい自分に戸惑い、自信を失い、落胆し、慢性的に機嫌が悪くなってしまうのです。

同年代の夫婦であれば、同じように脳が老いていくのは当然のこと。つまり互いに機嫌が悪いわけで、これもまた摩擦の原因だといえそうです。

うちの夫は、幸いにしていつもご機嫌なのですが、テレビの情報番組を観て、「そんな馬鹿な話があるか！」などと大きな声で突っ込みを入れる回数が増えました。

そんな夫を尻目に、娘は「社会に参加しているつもりなんじゃないの？」とクールな感想を述べますが、私は、感情を心の中に納めておけなくなったのだろうなと分析しています。

老後の夫婦は似てくる!?

先日、ある脳科学者の書いた本を読んでいたら、「男女は年齢を重ねるほどに似てくる」という説が紹介されていました。長年連れ添った夫婦は似てくるのかと思ったのですが、男性と女性が生物として近くなるという話でした。

もともと男性と女性では脳内物質が異なります。恋をすると、性欲の原動力となるテストステロンというホルモンの濃度が、男性は下がり、女性は上がる。互いにテストステロンの濃度が歩み寄った男女は、思考回路が似てくるため、惹かれ合うのだそうです。

とはいえ、それは一時的なもので、恋愛感情が薄くなってくれば元どおりに。結婚生活を送る夫の脳と妻の脳は、テストステロンの濃度の違いから、互いに理解しづらくなってしまう。

ところが老化すると、今度はテストステロンとは別に、男性は男性ホルモンが低下し、女性は女性ホルモンが低下して、つまり生物学的な男女差が曖昧になっていくのだとか。老化すると、人はオジサンだかオバサンだかわからない生き物と化していくわけです。

ここに「わかり合える」という希望を見出すこともできますが、ホルモンというのは厄介な存在なのです。

更年期離婚は考えもの

わかりやすい例として、女性ホルモンであるエストロゲンが急激に減ることで起こる女性の更年期障害を挙げることができるでしょう。

更年期の症状には個人差がありますが、鬱々としたり、体調を崩したり、中にはコミュニケーションに支障をきたすほど人格が変わってしまう人もいるようです。

それまで穏やかだった妻が、ある時期を境に手の付けられないほどヒステリックになり、子どもたちとも相談して精神科へ連れて行ったという男性の話も聞いたことがあります。

いずれにしても脳内物質の変化で起こる様々な異変は、自分ではコントロールが利かないだけに厄介なのです。

熟年離婚の多くが更年期離婚だというデータもあるのだと知って、私はドキッとしてしまいました。

更年期障害による感情的な変化の特徴に、被害妄想が強くなる、自己憐憫が激しくなる、白黒はっきりさせたいと結論を急ぐ、などがあるらしく、このことが熟年離婚を決意させてしまうとする説が有力です。

しかも、更年期離婚をした女性には、エストロゲンの急激な減少に脳が慣れて、更年期から抜けたあとになってから、後悔している人も少なくないと聞きます。「あの時期、自分はおかしかったのだ」と悟ることもあるでしょう。離婚後に社会を広く見渡し、「夫はまだマシなほうだった」と気づくこともあるでしょう。別れた夫が若い女性と再婚したなどと訊いて、絶望的な気持ちになる人もいるのだとか。

こうしたことから、私は更年期離婚だけは避けるべきなのだと確信するに至った次第。そこで、「離婚しようと思うの」と持ち掛けるようになった熟年世代の友人に対しても、匿名で寄せられる人生相談に対しても、「結論を出すのは、更年期を抜けてからでも遅くないのではないか?」と伝えるようにしています。

元気な夫が恐ろしい

若い母親が、子ども二人を自転車の前と後ろに乗せている姿を見かけると、思わず、「頑張って!」と声を掛けたくなります。

私にも子どもを乗せた自転車を必死の形相で漕いでいた時代がありました。よくもあんなことができたものだと思います。

三十代になった時、二十代には難なくこなしていた徹夜ができなくなりました。漫画家にとっては徹夜仕事が勲章ぐらいに考えていたのに、体力が続かない。体力と精神力は連動していると言いますが、集中力も持続しない。そんな自分に愕然としたことを覚えています。

四十代、五十代には老眼が進み、今では指が痛むという症状も加わって、漫画を描くのは、昼間の四時間ほどが精いっぱいという状況になってしまいました。

ところが、夫は六〇代後半の現在も、週刊誌と月に二度掲載の雑誌の連載をこなしています。私より十歳も年上であるのにもかかわらず、私の三倍以上、漫画を描いているのです。

健康管理も体力作りもせず、暴飲暴食を繰り返し、昼間に起きて夜中まで仕事をするという不規則な生活をしている夫が、なぜこんなにも元気なのか？

それはストレスフリーな毎日を送っているからではないかと考えます。

たとえばがんは、ＮＫ（ナチュラルキラー）細胞が衰えてがん細胞を退治しきれなくなると発症しますが、このＮＫ細胞を弱らせる最大の要因がストレスなのだそうです。

一方、夫のマイペースぶりに振り回され、それから受けるストレスにより、逆に私が弱ってしまったのではないか？　などと思えてきます。

夫が元気でいてくれるのはありがたいことだと感謝しつつ、「しかし、夫の元気ぶりに、果たして自分はついていくことができるのだろうか？」と考えただけで、なにやら疲れてくるのです。

自分の世界を構築しておく

「夫とは仲良くしておかないと、子どもが巣立ったあと、女はガクッと寂しくなるのよ」と先輩女性から助言を受けたことがあります。「でも私は友達がたくさんいるから大丈夫だ」と信じて疑いませんでした。

ところが今、人づきあいが年を重ねるごとに希薄になってきているのを実感しています。

子どもから手が離れてからの五十代の前半は、「歌舞伎に行かない？」「行く行く！」、「温泉に行かない？」「行く行く！」と、互いにノリのよかった女友達。

でも、このところ、めっきり誘い合うことが少なくなりました。

これは夫の存在とは無関係に、女も体力・気力の減退によりマメでなくなることが原因。イベントを持ち掛けたほうは「じゃあ、ここで何時ね」「この列車を手配するわ」と幹事役を務めなくてはなりません。複数で集うとなると一仕事。それが億劫《おっくう》で、自分から言い出してまではいいやとなってしまいがちになります。

誰もがそう感じているわけですから、結果として企画が持ち上がらず、疎縁になる一方だというわけです。

昔は「せっかく声をかけてくれたのだから、一応顔を出しておこうかな」という精神的なゆとりもありました。でも今は、浮世の義理はもういい、私は会いたい時に、会いたい人にだけ会うのだと決めています。これも私に限ったことではないでしょう。

少し前から、パソコンの画面にクラウドの写真の容量がいっぱいになったことを知らせる警告が出るようになって、画面を立ち上げるたびにピンポンピンポンと煩しいのです。改めて見てみると、どうしても残しておきたい写真はごく僅かでした。そこで一気に削除することにしたのですが、その時、私は「人間関係も、これだな」と気づいたのです。いたずらにため込んでいても意味がないのだと。

もちろん大切な友人もいます。長年のつきあいである女友達には、定期的に会いたくなります。会えば、世間話に花を咲かせ楽しい時間を過ごすことができます。夫の愚痴で盛り上がり、憂さ晴らしをすることもできます。昔のように刺激的な関係ではなくなりましたが、心からリラックスできる関係です。

もっとも、互いに「この話は前にも聞いたな？」ということが増え、新しい話題が乏しい。仮に新しい話題へと展開しても、互いに相手がどんなことを言うか察しがついている。するとそう頻繁に会わなくてもいいやとなり、友達と会うために、服や靴を選ぶのが面倒になり、出かけるのすら面倒に感じるようになります。

さすがにこれはマズいだろうと思うのです。「夫と仲良くしておかないと孤独になる」という先人の言葉に抵抗し、私は私の世界を構築しておかねばと、仲のいい女同士の集いには、時間の許す限り参加するようにしています。

縁とは「相性」のこと

私は現実主義者なのか、運命的な出会いだとか、前世からの縁で結ばれているといった話に対して、あまり関心がありません。

それでも夫婦というのは縁で結ばれていると思います。

出会いの縁や恋愛をする縁や結婚をする縁ではなく、結婚生活が続くという縁。いわゆる「腐れ縁」という縁が存在するのを感じるのです。

切りたくても切れない厄介な縁というのではなく、「あいつとは腐れ縁だから」と人が語る時には、「それもよしとしようじゃないか」といった前向きなニュアンスが含まれています。本当にいらない縁なら断ち切ることもできるけれど、あえてそれはせず、自然の流れに委ねようという達観した思いが根底にあるからこそ、飛び出すセリフなのです。

それでは夫婦の縁とは何か？　と訊かれたら、「相性」だと私は答えます。

なんだかんだいっても、長年連れ添う夫婦は相性がいいのです。喧嘩ばかり繰り返す夫婦であっても、破《わ》れ鍋に綴《と》じ蓋。夫の愚痴をこぼしている人も、夫のことを話題にしているうちは、本人が思うほど深刻ではないともいえそうです。

本当に夫のことが嫌いなら、夫のことなど口にするのも不愉快だと感じ、心から抹殺してしまうのではないかと思うのです。

重ねてきた日々は嘘をつきません。辛いことばかりならとっくの昔に別れていたはず。

自分の意思で一緒にいるのだということ、そして縁があるのだと認めることが、心に折りあいをつけ、「これでよかったのだ」と思う気持ちに通じているのではないでしょうか。

ユーモアが夫婦の危機を救う

女は、親しい友達の影響を受けやすい生き物です。でも本当に親身になってくれる友達は、「別れちゃえば?」「それは別れるべきよ」など結論づけることは決してしません。

安易に「別れろ」と結論づけてしまえるのは、所詮他人事だから。人の不幸は蜜の味だとばかりに、興味本位なだけなのです。

心のある人は、話にじっくりと耳を傾け、事実は事実として受け止め、そのうえで、「そんなに思いつめていても始まらない。とにかく笑おうよ」と心をほぐしてくれる。「客観的に自分を見つめてごらんよ」とアドバイスをくれる。そう私は確信しています。

ずいぶんと昔の話ですが、学生時代の友人に「子育てと仕事の両立が難しい」

とこぼしたことがありました。その時に彼女は、

「何を言う！　私を見てごらんよ。金なし、職なし、男なし。それでも明るく生きている」

といって、ガハハと豪快に笑ったのです。その瞬間に私は救われました。私の子どもが欲しいという望みも、仕事をしたいという希望も叶えられた。これ以上贅沢をいっては罰が当たると気づくことができたからです。

もしもあの時、「そうだね」「可哀想に」と共感や同情をされていたら、自分の人生はうまくいかないと、悶々としたまま過ぎていたかもしれない。そう考えるとその友人には心から感謝します。

結局のところ、笑ったもの勝ちなのです。

今も親しくしている彼女は、人生を楽しむ天才。その後結婚し、お母さんになりましたが、「パパはカッコイイのに、どうしてママと結婚したの？」と辛辣な質問を投げかける娘に、夫が「ママといれば、一生笑って暮らせると思ったん

だ」と言ったというほどのユーモアセンスの持ち主です。

ある時、寝転がってテレビを観ていた彼女は、グダグダするなと言いたげな夫から、「お前の足は短いな」と唐突に絡まれたというのですが、その挑発には乗らず、「私の両親の前で、同じセリフを言えるのか？」と返して、一笑に付したそうです。

夫の言うことをいちいち真っ向から受けて問題視するのではなく、笑いで切り返す。これができればストレスを抱えないばかりか、スッキリするのだという彼女の話を聞きながら、私は、また大切なことを教えられたと思いました。

今だからわかる母の座右の銘

父の死後、徳島から呼び寄せて一緒に暮らし始めた母の座右の銘は、「期待しない」。期待するから裏切られるのだというのです。

昔は何を言っているのかわかりませんでしたが、今はよく理解することができます。

たとえば夫は家事を手伝ってなどくれないものと最初から割り切っていれば、「なぜ、手伝ってくれないのか？」という苛立ちや、「やはり今日も手伝ってくれなかった」という落胆と無縁でいられます。

気まぐれにでも手伝ってくれたら、ラッキーと喜ぶことだってできる。同じ事柄も、自分の考え方一つで、不満にもなれば、喜びにもなるのです。

思えば人間関係はすべて同じ。自活を始めた子どもに対しても、頻繁に顔を見せてくれるだろうなどと期待を寄せていては、そうでなかった時にがっかりしてしまいます。

友達だってそうです。友達なのだからしてくれて当然だと思うから、してくれなかった時に、「友達なのに」と憤りを感じてしまうのでしょう。裏切られたのではなく、勝手に期待を寄せていただけなのに。

　自分は一生懸命に子育てをした。自分は人には親切にしてきた。それでいいとやりっぱなしにしておくことができず、どこかで恩に着せている。そして知らず知らずのうちに見返りをあてにしているというのは、誰にでもありがちなことです。

　ペットや植物は、文句を言わないし裏切らないからいい、という話をよく耳にします。でも本当は、ペットや植物には元から見返りを期待しないので、無償の愛を注ぐことができて気持ちがいい、ということなのではないでしょうか。

　夫婦も他人。自分以外の誰にも期待してはいけないのだと気づいた人から幸せになっていくのだと、この歳になってしみじみと思います。

あとがき

『婦人公論』で私の発表した記事が大きな反響を呼んだと聞いて驚いた、ということについては序文でも触れました。その反響を受け、編集部から「結婚生活の不満について、妻の立場からじっくりと語る」本を作ってはどうだろうかという企画を受けたのですが、自分の個人的な結婚生活における不満が、どれだけ他の方たちに伝わるものかとしばらくの間躊躇しておりました。というのも、私たちは漫画家同士の同業共稼ぎ夫婦で、かなり特殊な組み合わせだからです。そのため、一般的には通じにくい関係性と言えます。

なので、私がママ友や仕事で知り合った人たち、かつての同級生たちとのお喋りを通して、「これは一般的に通じるものなのか」と私が気づいたものをまとめることにしました。

自分の心を誤魔化さず、吟味して余計なものを切り捨て、絶対に嫌なことを排除した結果、悪いのは夫でも、結婚生活という形態でもない、という結論に至りました。自分がどうしたいのかさえわからずに、闇雲に不満を募らせることほど恐ろしいものはありません。まずは自分をきちんと見つめることだと気づいたのです。

少なくとも、何十年も過ごしてきた結婚生活のことについて、今更、どうこういっても始まらない。長く夫婦生活を続けてきた皆様に一番お伝えしたいのは、考えてもどうにもならないことと、改善の余地のあることを見極めることの大切さです。

仮に、これから浮気しようとしている夫が目の前にいるとして、「今、行ったら最後ですから」と伝えるのは正しいことですが、過去の浮気に関して蒸し返し、四の五の言うことには何の意味もありません。

これからも結婚生活を続けていきたいという気持ちがあるのなら、過ぎてしまった過去の腹立たしい出来事は水に流すという覚悟を、夫にきちんと伝えることから始めるべきだと思います。

とはいえ、結婚生活が共同生活である以上、妻ばかりが聡明になったところで、いかんともしがたいというのも確かなこと。その意味で、妻の夫に対する不満を言いたい放題に列挙した本書を男性にも読んでいただきたいと思います。男性は「こっちにも言いたいことはあるのだ」と思うかもしれませんが、まずは妻たちの本音を知っていただきたい。

打算的な結婚は論外としても、結婚のスタートラインは、夫も妻も同様に、好きな人と暮らせることの喜びに満ちていたはず。まず、そのことを思い出してほしいのです。

先日、がんで余命宣告を受けてから仏教の本を読み漁っているという知人に会いました。そして彼から、結婚生活の不満を手放すためのキーワードになりそうな言葉を聞きました。

それは「小欲知足」という道元禅師の教えです。

欲望には、食欲、性欲、睡眠欲という生理的な三大欲をはじめとして、金銭欲、名誉欲、物欲、支配欲、独占欲、自己顕示欲など、数え上げたらきりがないほど、さまざまなものがあります。

金銭欲を満たせば、名誉欲を抱き、名誉欲を満たせば、支配欲を持ち始めるといった具合に、欲は欲を呼ぶわけですが、「小欲知足」という言葉を通じて、道元禅師は、足るを知り、欲は一つと決めることが大切なのであり、欲を重ねれば人は必ず転落すると説いているのです。

あとがき

本書の執筆中だったこともあり、私には、人間だから欲を持つのは仕方のないことだとしても、好きな人と一緒に暮らすという欲が叶ったなら、それ以外の欲――経済的に豊かでありたいという欲も、子どもに優秀であって欲しいという欲も、夫に対してマイホームパパであって欲しいと望む欲も、浮気しないで欲しいという欲――はすべて手放す覚悟を持てばいいのだなと。

いずれにしても欲望を多く抱けば苦しくなる。どれも中途半端に思えて、もっともっと貪欲になり、そうして人は疲弊してしまうのではないでしょうか。「小欲を捨て、大欲に立つ」という仏教の教えもありますが、たくさんの欲を抱くより、たった一つの欲を強く抱くことが、幸せに通じることになるのかもしれません。

不満を言いたくなったら、相手の長所を思い出し、感謝の気持ちを伝えましょう、と言いたいところですが、言うは易し。それが簡単でないことは、じつは私自身が一番わかっています。まだまだ修行中の身です。

そんな私のとりとめのないエッセイが、どれほどの力を持つのかわかりませんが、笑いながら、そうだそうだと共感しながら、何か一つでも結婚生活のヒントになれば嬉しいです。

最後まで読んでくださり、本当にありがとうございました。

2017年1月吉日

柴門ふみ

本書は書き下ろしです。

画◎柴門ふみ
構成◎丸山あかね
装幀◎鈴木久美
本文ＤＴＰ◎今井明子

柴門ふみ（さいもん・ふみ）

1957年徳島県生まれ。お茶の水女子大学文教育学部哲学科卒業。79年『クモ男フンばる！』で漫画家デビュー。80年に漫画家の弘兼憲史氏と結婚。代表作『東京ラブストーリー』はテレビドラマ化され社会現象になり「恋愛の教祖」と呼ばれる。『恋愛論』など女性向けエッセイでも多くの女性から支持を得る。2012年より徳島市観光大使を務める。著書に『老いては夫を従え』など

JASRAC 出 1700869-701

結婚《けっこん》の嘘《うそ》

2017年2月25日　初版発行

著　者　柴門《さいもん》ふみ

発行者　大橋善光

発行所　中央公論新社
〒100-8152　東京都千代田区大手町1-7-1
電話　販売 03-5299-1730　編集 03-5299-1870
URL　http://www.chuko.co.jp/

印　刷　大日本印刷
製　本　大日本印刷

Published by CHUOKORON-SHINSHA, INC.
Printed in Japan　ISBN978-4-12-004947-7　C0095

定価はカバーに表示してあります。
落丁本・乱丁本はお手数ですが小社販売部宛にお送りください。
送料小社負担にてお取り替えいたします。